KB253732

조르바의 꿈

조르바의 춤

노혜숙 수필집

수필과비평사

빗금공간

살아온 만큼 쓴다고 한다. 그러나 그도 쉬운 일은 아니다. 삶을 바라보는 시선의 깊이와 너그러움이 있어야 가능한 일이기 때문이다. 삶은 글 밖에서 절박한데 내 글은 삶 외곽에서 허접하기만 하다. 삶의 안쪽에 편입되지 못한 글은 삶의 거죽을 부랑할 수밖에 없다.

나에게 글쓰기란 내 안의 어둠을 긍정하고 성찰하는 빗금공간이다. 그 안에서 균열된 욕망과 무저갱의 허기를 추스르며 자기다움을 굳게 다지는 일이다.

수필이라는 형식을 통해 그려낸 사물이나 대상은 곧 나의 자화상이다. 들꽃의 소박한 아름다움이든, 잊혀 가는 장터 골목의 그늘이든, 변신을 꿈꾸는 애벌레의 노래이든 그 모두 내 안의 욕망과 허기를 풀어내려는 몸짓일 터이다. 그러나 여전히 흉내뿐인 진실과 끝내

종이 위에서 삶 속으로 걸어 들어가지 못한 문자의 한계가 마음을
무겁게 한다.

　그렇게 혼돈과 허기의 빗금공간에서 발아한 글싹 하나 세상 뜰
에 옮겨 심는다. 우뚝우뚝 잘난 것들 속에 덤으로 끼워 넣는 민망
함이 없지 않다. 백주에 헌 살림을 내놓은 듯 부끄럽다. 거칠고 덜
여문 말들의 포장으로 감히 삶을 노래할 수 있다고 믿었던 나의 만
용을 반성한다. 기왕 세상에 나갔으니 어느 한 귀퉁이에서나마 제
분수에 맞는 이름으로 존재하길 바랄 뿐이다. 무녀리의 서투른 걸
음에 동무와 스승이 되어준 모든 분들께 감사한다.

2009년 염절에

노 혜 숙

我

나도 조르바처럼 춤추고 싶었다. 선명하게 비꽃을 그리며 바다로 스며드는 빗줄기처럼 강렬하고 자유로운 춤사위 속에 흔적 없이 녹아내렸으면 싶었다.

감국 향기처럼

유리 다호에 뜨거운 물을 찰랑하게 붓는다. 씨앗처럼 둥글게 몸을 말고 있던 감국甘菊이 활짝 꽃으로 피어난다. 가히 꽃의 부활이다. 차는 입으로만이 아니라 눈으로도 마신다는 것을 보여준다.

선생이 찻물을 따른다. 투박한 잔에 푸르고 노란 빛이 감도는 찻물을 칠 홉쯤 채운다. 은은한 감국 향이 먼저 코끝에 스민다. 잔이 참하게 건너온다. 왼손에 가만히 받쳐 들고 한 모금 마신다. 잔은 고박하나 차는 지극히 섬섬하다. 입 안 가득 향기가 도드라진다. 맛은 어찌나 담박한지. 더는 바라지 않으며 더는 생각에 잠기지 않는 극도의 순간이다.

선생은 잔을 들어 가리키며 청화백자라고 일러준다. 순백의 기면器面에 청색 안료로 용운龍雲 문양을 새겼다. 바위를 깨 채취한 흙을 구워 만든 거란다. 제작과정의 까다로움 때문에 오랜 시간이 지나도록 변하지 않는다고 한다. 차의 맛을 온전히 살려주면서 기운까지 돋워 준다니 평범한 기물은 아니다.

선생은 두 번째 찻물을 따르며 나직이 입을 열었다.

"차의 맛은 다기의 형태나 특성에 따라 각각이고, 심지어 누가 차 잎을 땄느냐에 따라 달라지기도 한답니다. 약을 치지 않고 자연 그대로 키운 국화라야 쓴맛이 없고 향이 좋습니다. 세 잔째 마시면 정신이 맑아지면서 혀끝에 침이 고입니다. 그래야 좋은 차지요."

그는 다도 전문가다. 탕관에 물을 끓이고 찻물을 따르는 동작이 섬세하고 자연스럽다. 표정은 깊이가 있되 무겁거나 설부르지 않고, 형새形色은 찻잔만큼 수북이 온화하다. 내가 서생을 알게 된 것은 차에 관심이 있는 지인의 소개를 통해서다. 귀한 차가 생기면 가까운 사람들을 불러 모임을 갖곤 한단다. 오늘도 질 좋은 감국차를 들여왔다는 소식을 들은 지인이 채근 하는 바람에 덩달아 나선 길이다.

가을이면 마당 끝에 다보록이 피던 감국. 화려한 여름 꽃 끝물에 수수하게 피는 꽃이라 데면데면 지나치기 쉽다. 서리가 내려 잎이 시퍼렇게 지치고, 감국 향이 찬바람에 실릴 때야 사람들은 비로소 꽃을 알아본다. 꽃의 성정은 온유하나 쓰임새는 으뜸이다. 약재나 차로서 한방에서는 요리국料理菊이라 하여 두통에 특효가 있단다. 한 호흡 내쉬고 다실 안을 돌아보니 낯선 다기들이 눈에 띈다. 어떤 것은 자잘한 실금 안에 일상의 때가 묻어 있는가 하면, 귀퉁이가 떨어져 나가 도무지 쓸모라곤 없어 보이는 것도 있다. 어린아이가 마음 내키는 대로 주물러 만든 것처럼 보이는 어정뜨고 못생긴 것도 있고, 드물게는 문양이 화려하고 선이 매끄러운 다기도 있다.

모든 차에는 궁합이 맞는 다기가 있다고 한다. 물, 다기, 차. 이 세 가지가 온전히 조화를 이루었을 때 차는 최상의 맛을 낼 수 있으며 명약으로서의 효과를 발휘하기까지 한단다. 이것과 저것의 차이를 알지 못하는 나로선 그저 겉보기에 그럴듯한 것이 좋다고 할 텐데.

내 속내를 훤히 들여다본 듯 선생은 세 번째 찻물을 따르며 말을 잇는다.

"좋은 그릇을 위한 법도가 따로 있는 게 아니에요. 좋은 찻그릇 이란, 차의 맛을 살려 내면서 보기 좋고 사용하기에 편리한 것이지 요. 모양이든 색깔이든 그 무엇이든 마음에 들면 되는 거지요. 첫 사랑을 생각나게 하는 것도 좋고, 고적한 강가의 안개를 연상시키 는 것도 좋겠지요. 진실한 마음으로 다가가면 그것과 통하여 좋은 다기를 발견할 수가 있어요."

네 잔째 차를 마신다. 여러 번을 우려내도 그 빛깔, 그 향기 그대 로다. 무서리 아래서도 빛을 잃지 않더니 이리도 깊은 향을 품어 키웠는가. 이처럼 존재하는 것 자체로 향기로운 삶이 저절로 되는 일이랴. 무던히 견디고 순응하면서도 제 빛깔을 잃지 않는 감국의 강인함에 그 비결이 있지 않을는지.

온기 감도는 찻잔을 감싸 쥔 채 몸속으로 스미어 번지는 차의 청 량한 기운을 느낀다. 감국처럼 한 점 고운 빛이나 향기를 세상에 보태고 돌아가는 꽃의 삶을 꿈꾼다면 욕심일까.

개심사開心寺

서산瑞山 개심사를 찾아 떠난다. 이녁의 능선은 치달아 오르거나 내림이 없이 완만하고, 골짜기는 띄엄띄엄 집들을 품어 안은 채 느긋하고 평온하다. 길은 터널을 이룬 벚나무에 묻혀 종적을 감추었다가 목장의 연초록 구릉지에서 다시 뱀의 꼬리처럼 자취를 드러낸다. 목장을 지나 개심사가 있는 상왕산 계곡에 이르면 왼쪽으로 넓은 저수지가 나온다. 물가에 심겨 나붓거리던 벚꽃이 숨을 놓으면, 수면에 산 그리메 흔연히 제 몸 열어 받아 안는다.

개심사 입구에 서니 두 개의 돌기둥이 마중을 한다. 각각 세심동洗心洞, 개심사開心寺라고 씌어 있다. 마음을 씻고 마음을 여는 절이란 뜻일까? 생각 없이 살아온 내 발목을 덥석 붙잡는 글귀다. 마음을 씻고 여는 일은 평생의 과제려니, 오늘 내 모자람을 부끄러워 말자, 위안하며 산을 오른다. 시나브로 분별심은 사라지고, 골짜기의 흐르는 물소리 가슴에 길을 내어 흐른다.

십 분 남짓 절을 향해 오르는 동안, 수령이 수백 년은 되었음 직한 적송들을 만난다. 기상은 늠름하되 오만한 기색은 보이지 않는다. 안으로 삭인 만고풍상의 품격이 휘늘어진 가지마다 자연스레 녹아 흐른다. 청청한 품 열어 찾아든 나그네를 맞아주는 듯 솔향기 그윽하다. 그 싱그러운 숨결에 찌든 호흡이 말끔하게 씻기는 듯하다.

"수도중."

무량수각과 산신각 사이, 한 선방 기둥에 써 붙인 글자가 핏빛처럼 붉다. 굳게 닫힌 문밖 댓돌 위엔 흰 고무신 한 켤레 반듯하게 놓여 있다. 날 선 다짐이 느껴진다. 툇마루에 앉아 선방에 홀로 무릎 꿇은 이의 심중을 헤아린다. 뜰에 내리는 햇살의 질감은 하루가 다르게 부드러운데, 묵은 벚나무에 물올라 꽃잎 벙그는데, 짝짓기를 준비하는 새들의 목청에 생기가 넘치는데, 겨우내 적막하던 산사에 사람들의 발길도 잦아지는데, 봄이야 오건 가건 기척 없는 저 수도승. 능히 백팔번뇌 꺾어 앉혔는가.

개심사 명부전 뜰의 청벚꽃은 유명하다. 전국에 몇 그루밖에 없는 나무다. 잎과 꽃의 색이 비슷하여 얼른 보아선 구별이 어렵다. 고혹적인 색감으로 벌을 유혹하는 여느 꽃들과는 달리 잎인 듯 꽃인 듯 자태를 드러내지 않는다. 개화 시기도 일반 벚꽃보다 보름이나 늦어 이제야 꽃봉오리가 부푸는 중이다. 마주 선 요사채의 분홍 왕벚꽃과 어우러져 피면 절 마당은 온통 꽃 천지다.

나처럼 성급하게 청벚꽃을 보러 왔던 한 무리의 사람들이 아쉬운 듯 나무 아래를 맴돌다 왁자하게 수다를 부려놓는다. 고요해야

할 경내가 장터처럼 시끌벅적하다. 눈살이 절로 찌푸려진다. 세심
은커녕 사람에 대한 미움까지 덤으로 얹어가게 될 판이다. 아서라,
사람을 끌어안지 못하는 마음 씻음이 무슨 의미가 있으랴. 먼저 내
안의 마음 밭부터 살필 일이다.

개심사 주변 구릉지는 나물을 뜯는 사람들로 울긋불긋하고, 연
초록 능선 위론 구름과 바람이 오락가락이다. 피부에 와 닿는 바람
이 새치름하다. 갈피갈피 섬세한 감성의 결을 헤집는다. 해독할 수
없는 바람 문자의 이 막막함이라니. 개심. 그래, 마음을 열지 않은
까닭이구니. 내 마음 하나 헤아릴 줄 모르면서 어찌 바람의 말을
알아들을 수 있으리. 조용히 걸음을 돌려 산에서 내려온다.

당신 몸의 절반은 됨직한 등짐을 지고 산을 내려오는 할머니를
만난다. 보따리를 삐져나온 고사리의 곡선만큼이나 등이 휘어 있
다. 마른 검불 같은 머리카락, 겨울나무처럼 물기 없는 몸, 빈들처
럼 휑한 낯빛. 수천 년 붓다의 가르침으로도 건널 수 없는 노쇠의
강이여.

저 소멸의 모습은 바래어가는 삶의 고통을 끌어안고 마침내 풍
화에 이르는 우리 모두의 자화상이기도 하리라.

노을이 지면 곧 어둠이 오리니, 더 이상 삶의 거죽을 부랑할 시
간이 없다. 새가 제 몸을 쳐 날아가듯, 순간순간 자기를 일깨우며
삶의 중심으로 걸어가리라. 그러고 보니 마음을 여는 것開心과 마
음을 고쳐먹는 일改心은 하나로 통하는 문이었나 보다.

꼬리를 무는 생각에 골몰하다보니 점심때가 기울어 있다. 시장

기가 돈다. 먹어야 목숨을 부지하는 이승에 두 다리를 디디고 있다
는 새삼스러운 자각. 마음의 수양은 멀고 몸의 욕망은 코앞인 게
다. 음식점을 찾아 두리번거리다 식당 옆 건초더미에서 갓 몸을 푼
어미개를 본다. 눈도 못 뜨고 비척대다 어미 품으로 파고드는 강아
지 위로 봄햇살이 무량 쏟아지고 있다.

내 남자를 팝니다

더운 바람을 쏟아내며 윙윙거리던 드라이어의 소음이 잠시 끊겼다. 나는 감았던 눈을 뜨고 거울 속 원장을 쳐다보았다. 그녀는 자못 심각한 표정으로 입을 열었다.

"벌써 권태기가 왔나 봐요. 결혼 7년째인데 요즘 힘들어 죽겠어요. 남편은 내가 전보다 많이 변했데요. 세상에 변하지 않는 사람이 어디 있다고, 지는 안 변했나? 사실 그동안 참고 산 건 난데…. 나 돌볼 틈도 없이 식구들만 챙기며 살았거든요. 남편은 애처럼 자기 요구만 해대고…. 정말이지 생각할수록 화가 치밀어요."

서글서글하게 큰 눈이 촉촉해지면서 금세라도 눈물이 떨어질 듯 그렁거렸다. 무슨 말을 해야 하나? 꼭 대답을 듣자고 한 말은 아닐 게다. 자신의 푸념을 들어줄 사람이 필요했을까. 맞장구라도 쳐줘야 할 것 같았다. 정수리 쪽의 머리를 둥글게 말아 모양을 만들며, 원장은 다시 구시렁거렸다.

"무슨 재미로 사나 싶어요."

"재미? 사는 게 재미였던가? 하긴 재미나게 사는 부부들도 많다고 하데. 그게 어디 사는 재미일까? 다들 국으로 사는 게지."

말은 그렇게 했지만 내 안 깊은 곳에서 불거져 나오는 기억으로 가슴 한쪽이 아려왔다. 자세를 고쳐 앉으며 나는 원장에게 조심스럽게 말을 꺼냈다.

"내 이야기 좀 들어볼 테야? 저번에 책상 정리를 하다 서랍 안쪽에서 두꺼운 공책 한 권을 발견했어. 남편의 일기장이었지. 고것 참 묘한 생각이 들더군. 가슴이 벌렁벌렁 뛰는 거야. 몇 장을 들춰보다가 남편의 첫사랑 이야기가 쓰여진 걸 보게 되었어. 기절초풍할 노릇이지. 더욱이 일기 내용이 어찌나 구구절절 애틋하고 간절하던지, 차마 끝까지 읽을 수가 없었어. 머리카락이 쭈뼛쭈뼛 솟고, 머릿속이 텅 빈 것처럼 하얘지더군."

"어머, 그런 일이……. 놀랠 노자네요. 그래서요?"

남에게 선뜻 해줄 얘기는 못 되나, 기왕에 내뱉은 말이 되고 말았다. 원장은 호기심이 잔뜩 나서 내 입만 쳐다보는 듯했다.

"저녁에 남편이 들어왔어. 아무 일 없는 듯 저녁을 차려주고 잠자리에 들었지. 숨을 고르다가 이때다 싶어 조용히 물었어. 첫사랑을 만나본 소감이 어땠느냐고. 남편은 놀란 기색으로 뜸을 들이는가 싶더니 끝내 입을 다물더군. 남자들은 누구나 첫사랑을 못 잊는다면서? 당신은 순정파적인 구석이 있으니 더 그랬을 거야. 그 여자, 행복하게 살고 있대? 남편은 그제야 어떻게 된 일인지 알아차

렸지. 남편의 말인즉, 그 여잔 외국으로 이민 가고 소식 끊긴 지 오래되었다고 하더군. 난 잠자리에서 황망히 일어나 앉아있는 남편의 눈을 똑바로 보면서 말했어. 솔직히 말해 달라, 현재 진행형이냐 과거형이냐, 난 마음 없는 허수아비하곤 못 산다 그랬더니, 모두 지난 일이고 내 걱정할 일 다신 안 만들 거라고 하더군. 그런데 '걱정하게끔 다신 않겠다.'는 소리에 속에서 열불이 나는 거야. 잠시 진정을 하고 차분한 목소리로 말했어. '알았어요. 그리 믿을 게요.' 이 상황에서 내가 뭘 더 어찌하겠어. 그렇게 싱겁게 이야긴 끝났지. 잠이 오지 않더군. 그이도 그런 것 같았어. 뒤척이다보니 날이 희붐하게 밝아오데."

원장은 아예 드라이어의 전원을 끄고 물었다.

"아니, 어떻게 그럴 수가 있어요? 나 같으면 바락 따지고 덤볐을 텐데……. 그걸 그냥 덮어뒀다는 말이세요?"

"남편을 그냥 한 인간으로 바라본 적이 있는지 모르겠네. 내 남자의 일을 그렇게 객관적으로 바라본다는 게 쉽진 않았지만, 문제의 핵심을 바로 보고 싶어서 이 악물고 참았지. 첫사랑의 추억이 없는 사람이 있을까? 한번쯤 만나보고 싶을 수도 있는 거지. 그 다음 처신이 문제긴 하지만 말이야. 사실 중년의 남자들은 남성으로서의 자기 존재를 확인하고 싶어 한대. 꺼져 가는 불꽃을 다시 한번 지펴보고 싶은 안간힘 같은 거. 첫사랑을 만나는 일이 중년 남자들에게는 마지막 불꽃놀이일 수 있어. 어찌 생각하면 그가 측은해. 나이 들었단 얘기잖아. 그런 연민 때문에 사네, 못 사네 하지 않았어. 지금 우리는 친구처럼 덤덤하게 살아. 수십 년 같은 방을 쓰다 보면 집안 한곳에 놓여있는 물건처럼 익숙하고 편해져서 가끔 있는지 없는지 잊고 살기도 해. 요즘 하는 말로 '방짝'이라고 해야 하나. 물론 어느 한쪽의 일방적인 이해나 용서는 바람직하지 않겠지. 대화가 필요해. 중년의 부부에게는 특히. 겨울 동안 꽝꽝 얼어 있던 흙이 얼었다 녹았다 하면서 부드럽게 얼크러지듯, 부부관계도 마찬가지가 아니겠어. 안 싸우고 사는 부부가 있겠나? 싸우긴 싸우더라도 보기 좋게 두 사람 다 이기는 게 중요한 거지. 지붕 샌다고 집을 버리고 떠날 수 없는 거잖아. 그렇지만 자기 안의 화를 무조건 눌러두는 건 해롭겠지? 화는 자기를 잘 보살펴달라는 내면의 간절한 외침이니까. 나는 그이와 평생의 전쟁을 하고 있는지 몰라. 행복한 싸움일 수도 있고 피할 수 없는 지긋지긋한 인생의 싸움일지도 모르고. 들어는 봤나? 전쟁 같은 사랑이라고. 노랫말도 있더구먼."

마침내 원장의 눈에서 눈물이 흘러 내렸다. 차마 드러내지 못한 채 응어리져 있던 감정들이 복받쳐 오른 모양이었다. 드라이어를 쥔 손이 아래로 축 늘어졌다. 얼마큼 살면 그렇게 될 수 있느냐고, 그게 얼마나 쓸쓸한 일이냐고 불퉁스럽게 말했다. 바꿀 수 있는 물건이라면 당장이라도 바꿔보고 싶다고, 팔아버릴 수 있는 거라면 지금 당장 내다 팔고 새것을 구입하고 싶다고, 말은 그리 험하게 하고 있었지만, 수수깡으로 칼부림하듯 공허하게 들렸다.

"예끼, 이 사람아. 내 남자를 내다파는 여자가 세상에 어디 있누?"

　웃음 섞인 나의 지청구에 그녀가 입술을 활짝 열었다. 거울 속의 그녀와 다시 시선이 엉켰다. 웃고 있는 그녀를 보며 괜스레 마음이 시려왔다. 중년에 들어서서 마음으로 할 수 있는 일을 몸이 하지 않음은, 그만큼의 세월이 가르쳐 준 지혜가 아닐는지.

조르바의 춤

거센 바람과 함께 장대비가 쏟아지던 날이었다. 불현듯 어디론가 떠나고 싶었다. 무작정 발길 닿는 대로 흘러간 곳이 선재도仙才島란 섬이었다. 내리꽂히듯 쏟아지는 빗발 속에서 바다는 잿빛으로 사납게 출렁거렸다. 선창을 비켜 마을로 이어진 작은 길을 따라 바다 가까이 나아갔다. 잡목으로 텁수룩하게 뒤덮인 산등성이, 그 아래 바다로 난 비탈길은 인적조차 없어 보였다.

기슭의 풀잎은 세찬 바람 속에서도 그 흔들림이 부드러웠다. 차의 창문을 내리고 라디오의 볼륨을 높였다. 마침 야니의 〈Deliverance〉라는 곡이 흘러나오고 있었다. 목부의 휘파람을 연상케 하는 애조 띤 서주에 이어, 광야를 내달리는 말발굽 소리 같은 리듬이 울려 퍼졌다. 강약을 반복하며 빠르고 경쾌하게 이어지던 선율 사이로 여인의 노랫소리가 슬며시 끼어들었다. 강렬한 비트에 실린 여인의 야성적인 고음은 너울처럼 감성의 결을 뒤흔들었다. 나도 모르게 어깨를 들썩이다 오래전에 본 영화 속의 한 남자를 떠올렸다.

　맨발에 바짓가랑이를 걷어올리고, 잿빛 머리카락을 휘날리며 춤을 추던 희랍인 조르바. 오직 자기 감정의 리듬에 따라 춤을 추는 야생적인 남자. 그의 춤은 웅크렸다 뛰어오르는 맹수의 몸짓 같기도 하고, 자유로이 비상하는 새의 날갯짓과도 같았다. 오로지 춤이 되어 춤으로만 존재하는 망아의 몰입. 순간 야인의 춤사위에서 느껴지던 자유와 희열에 나는 몸을 떨었다.
　나도 조르바처럼 춤추고 싶었다. 선명하게 비꽂을 그리며 바다로 스며드는 빗줄기처럼, 강렬하고 자유로운 춤사위 속에 흔적 없이 녹아내렸으면 싶었다. 현실적 자아와 본질적 자아와의 간극, 그로 인한 갈등과 이중성에서 자유롭고 싶었다. 매사에 간섭하고 통제하는 이성이라는 파수꾼을 보란 듯 외면한 채 신명나는 춤을 추고 싶었다. 내 안의 뜨거운 호응은 그에 대한 숨길 수 없는 갈망이었으리라.
　그러던 어느 날 우연히 기회가 주어졌다. 각별히 지내던 친구의 송별 모임에서였다. 늘 새침데기 관람자이던 내게 친구들이 특별 주문을 했다. 이번만큼은 절대 그냥 넘어갈 수 없다고 단단히 벼른 눈치였다. 내숭은 떠나는 친구에 대한 예의가 아니라며 노골적으로 압력을 넣었다. 내숭이란 단어가 자의식을 관통하면서 난 벌떡 일어섰다.
　사람들이 빙 둘러 울타리를 만들고 나를 가운데로 밀어 넣었다.

눈을 감았다. 머릿속이 텅 비어 왔다. 환호와 함께 박수소리가 들렸다. 마음 내키는 대로 몸을 움직이기 시작했다. 그것이 춤인지 아닌지는 생각하지 않았다. 춤이 아니라도 상관없었다. 뻣뻣하던 몸이 풀리면서 서서히 감정이 달아오르기 시작했다. 얼마나 시간이 흘렀을까. 쏟아지는 웃음소리에 정신을 차렸다. 온몸에 땀이 흥건했다.

날아갈 듯 해방감이 몰려왔다. 춤을 추기 전 그토록 두렵던 기억이 아스라했다. 친구들은 다만 춤에 흥겨워했을 뿐, 나에 대해서는 허망할 정도로 무심했다. 알 수 없는 두려움과 부끄러움은 스스로의 족쇄일 뿐이었다. 타인에겐 얇은 막에 지나지 않을 그것이 내겐 왜 넘을 수 없는 벽처럼 아득했을까? 내 의식 속엔 정신적인 것과 육체적인 것에 대한 강한 차별이 잠재되어 있었는지도 모른다. 춤은 감각적이고 자유분방한 몸의 말이며, 자칫 품위를 떨어뜨리는 천박한 것이라고 생각했다. 그런 이분법적인 사고는 자연스럽게 발산되어야 할 욕구조차 억압했다. 그에 따른 저항의 압력이 마그마처럼 내 안에 축적되고, 마침내 춤을 추고 싶단 욕망으로 분출된 것이리라.

나에게 춤이란 완고한 자의식을 깨고 정체성을 확립하려는 눈물겨운 의지, 잘못 학습된 가치관에 푸대접 받아 온 욕망에 대한 위무 의식이었는지도 모른다. 타인의 시선 때문에 그럴듯하게 나를 포장한 가면을 기어이 벗고야 말리라는 욕구, 오래도록 유배되었던 내 안의 욕망과 화해하는 절차가 아니었을까.

비는 좀체 그칠 것 같지 않았다. 섬은 속수무책으로 비에 젖고, 괭이갈매기는 작달비 속을 가로질러 선창 쪽으로 날아갔다. 이때 내 안의 조르바가 맨발로 비꽃 난분분한 너울을 타고 바다로 나아 갔다. 바야흐로 한판 춤이 시작될 참이었다.

다북쑥

대문 안으로 막 들어서는데 두런두런 말소리가 들려옵니다. 시어머니와 며느리가 뜰에 앉아 쑥을 다듬고 있습니다. 자매처럼 다정히 머리를 맞대고 앉은 모습입니다. 머리카락만 보아선 누가 웃어른인지 알 수 없을 정도로 두 사람 모두 백발입니다. 봇짐을 멘 것처럼 등이 불룩한 여인이 고개를 들어 알은체를 합니다. 할머니는 기척을 아는지 모르는지 쑥 다듬기에 여념이 없습니다. 둘은 잡풀 사이에서 쑥을 골라내는 중입니다. 잡풀 반, 쑥 반 그렇습니다.
"엄니가 쑥떡 생각이 낫등게뷰. 아침내 안 뵈드니 쑥을 뜯어 왔네유."

그제야 할머니는 천천히 고갤 들고 웃습니다. 사실은 웃는 건지 우는 건지 알아맞히기가 어렵습니다. 세월에 파인 주름살이 희로애락의 표정마저 지운 듯싶습니다. 슬로비디오처럼 할머니의 손놀림은 마냥 느립니다. 침침한 눈으로 쑥과 풀을 구별하는 게 쉽지

않아서일 테지요. 해 떨어지기 전에 일을 마칠 수 있을지 걱정이
됩니다.

달포 전, 길 건너 은행나무집 아주머니한테서 들어 안 일입니다.
할머니의 아들은 마흔이 넘도록 장가를 들지 못했습니다. 홀어머
니를 모시고 내땅 한 뙈기 없이 남의 텃밭이나 일구는 형편인지라
감히 엄두를 못 낸 거지요. 그러던 어느 날 아들은 비슷한 나이의
여자를 중매로 만났습니다. 척추에 만곡彎曲이 두드러진 장애를 가
진 마흔의 노처녀, 곱사등이였습니다. 마음씨 곱고 다른 질병은 없
으니 되었다고, 아들은 결혼을 결정했습니다. 며느릿감을 본 할머
니는 억장이 무너졌지만 아들이 노총각으로 늙어 죽는 것보다는
낫다고 생각했을까요, 둘의 결혼을 승낙했습니다. 며느리는 기대
이상으로 살림도 알뜰살뜰하고 노모 공양도 지극했습니다. 아들은
씨마늘 같은 딸자식까지 하나 얻자 살맛이 났습니다.

어느새 이십 년 세월이 흘러 며느리는 육십이 되었고, 구순의 시
어머니를 따라 백발이 되었습니다. 며느리는 단 한번도 노모를 서
운하게 해 드린 적이 없고, 손톱 밑이 뭉그러지도록 일을 하면서도
넉넉지 않은 살림 탓을 해본 적이 없었습니다. 이웃들은 곱사등이
라고 업신여겼던 생각을 부끄럽게 여겼습니다. 집안에 복덩이가
들어왔다고, 볼 적마다 할머니에게 며느리 칭찬을 했습니다. 처음
할머니는 손자 하나 보았으면 하는 욕심을 갖기도 했지만 손녀의
살가운 재롱을 보면서여한이 없다 싶었습니다. 이제 갈 곳으로 가
도 좋으련만, 목숨이 모진 탓에 또 한 번의 봄을 맞게 되었다고 민

망해 했습니다.

며느리와 할머니는 한참 동안 자세도 안 바꾸고 쭈그려 앉아 쑥을 다듬습니다. 나는 잠깐 거들어 주었는데도 오금이 저리고 어깨가 뻐근합니다. 눈치도 없이 기지개를 켜며 아으, 소리를 내다가 할머니와 눈이 마주치는 바람에 꿀꺽 소리를 삼킵니다. 할머니는 허물어진 잇몸으로 웅얼거리듯 말합니다.

"어여 가봐. 대간헌가벼. 일도 몸에 배겨야 허는겨."

며느리는 말없이 웃고, 무안해진 나는 마당가에 휘늘어진 벚꽃나무에 한눈을 팝니다. 낮은 울타리 너머로 불어오는 바람이 새치름합니다. 마당 가득하던 햇살은 어느덧 산 밑으로 물러가고 산비둘기 소리 구구 들려옵니다. 쑥떡을 하면 좀 얻어먹을 수 있느냐고 물으려다 그만 둡니다. 한 일도 없이 너무 염치가 없어서입니다. 할머닌 그런 내 속을 어떻게 아셨는지 등 뒤에 대고 한마디하십니다.

"니열 떡 찌믄 먹으러 와이."

대문을 나서다 문지방 틈바구니에 핀 노란 민들레를 하마터면 밟을 뻔합니다. 놀라 걸음을 피하는데 며느리가 한소리합니다.

"대문턱이라 걸치적거리긴 혀두 그리 살겠다고 꽃 피는 놈을 워칙헌대유. 해필 거기다 자리를 잡았는지 모르겠슈. 지들두 뱁힐깨비 허구헌 날 불안시럴 거구면유."

들길은 온통 꽃 천지입니다. 냉이, 꽃다지, 광대나물, 봄까치…. 그 길 위에 꽃보다 아름다운 두 여인의 얼굴이 겹쳐집니다. 서로 위하고 측은히 여기며 사는 저들이야말로 어깨를 겯고 뿌리를 뻗어가는 한 무더기 다북쑥입니다.

인간의 진정한 아름다움은 미추의 겉모습에 있지 않을 겁니다. 쑥의 쌉쌀하고 담백한 맛과, 뜸들일 때 나타나는 효능 같은 은근한 멋에 있지 않을는지요. 지천으로 깔린 쑥처럼, 꽃처럼, 자연의 드넓은 가슴에 묻혀 살며 서로에게 물들어가는 대지의 딸들은 그래서 아름답습니다. 염치없지만 갑자기 두 여인네가 빚은 쑥떡이 은근슬쩍 먹고 싶어지네요. 참, 맛날 것 같아서요.

내가 듣고 싶은 말은

기억나니? 어느 이름 없는 무덤가에 앉아 밤이 이슥토록 긴 이야기를 나누었던 일 말야. 막 물기가 내리기 시작한 잔디에선 마른 풀잎 향기가 났지. 긴 소매옷 안으로 스며들었던 바람이 꽤 서늘했던 걸 보면 10월도 하순이 아니었나 싶네. 해가 기울고 산그늘이 짙어지도록 우린 마음속의 이야길 다 털어내지 못하고 있었어. 이따금 말이 끊기면 한동안 침묵이 이어지곤 했지. 알아. 그 순간 심란한 마음을 추스르기 위해 숨고르기를 하고 있었다는 거. 바람이 한차례 지나갈 때마다 떡갈나무 잎이 요란하게 버석거렸고, 그 틈에 난 몰래 깊은 숨을 몰아쉬곤 했어. 얼마쯤 시간이 흘렀을까? 가라앉은 어조로 내가 물었어.

"꼭 가야 하니?"

"응. 이사 날짜 정해졌어."

"너 떠난 자리가 너무 클 거 같아."

"……."

"나, 너한테 어떤 친구였니?"

"널 존경해."

"존경? 난 사랑이란 말을 듣고 싶었는데……."

"사랑하기엔 넌, 좀 어려운 사람이었어."

"편안치 않은 사람이었단 말로 들리네."

"왜 그런 거 있잖아. 내가 틀렸어도 무조건 내 편이 되어주길 바라는 거. 그런데 너는 언제나 냉정하게 중립적인 입장에서 판단을 하더구나. 물론 네 판단은 옳았어. 지나치게 옳기만 한 게 흠이라면 흠이었지. 이성적으론 인정이 되지만 감정적으론 서운하더라고."

"내가 너무 고지식하고 융통성이 없었나 보다. 그래, 인정머리없게 느껴졌을 거야."

"널 사랑하기까지는 시간이 좀 걸릴 것 같아. 이건 네 문제가 아니고 내 문제야. 알량한 자존심 문제. 좀 더 시간을 줘. 아마 너보다 내가 더 견디기 어려울지도 몰라. 이제 난 홀로서기를 해야 하니까. 그만큼 내 삶에서 네가 차지하는 비중이 컸어. 난 이제 네게서 정신적인 독립을 하려는 거야. 넌 서운하다고 했지만 사랑이란 바탕 없이 진정한 존경은 있을 수 없어. 다만 아무런 견줌 없이 널 친구로 사랑하기 위해선 내 안의 자존심이란 문제를 먼저 극복해야 해. 그때까지 기다려달란 뜻이야. 나 지금 쉽지 않은 고백을 하고 있는 거야."

"고마워. 솔직하게 말해줘서. 그런데 그토록 네 자존심을 다치게 한 게 뭐였는지 말해줄 수 있니?"

"한 마디로 네가 나보다 잘났다는 걸 인정하기 싫은 거겠지. 사실 나, 너보다 못날 이유 하나도 없다고 생각하거든. 그런데 왠지 실전에서 난 너보다 늘 한수 뒤지는 느낌이었어. 넌 큰언니 수준이었고, 난 허겁지겁 그걸 따라가려고 애쓰는 막내동생 꼴이었지. 넌 언제나 이성적이고 냉철한 판단으로 날 주눅들게 했어. 게다가 식지 않는 학구열을 가지고 있고. 난 그런 널 앞지르려고 늘 숨이 턱에 찼어. 이제 나를 극복하기 위한 첫 걸음을 뗀 거야. 그 시작만으로도 큰 산 하나를 넘은 느낌이야. 사실은 너를 통해 나를 극복하고 싶은 거고. 그 산을 넘을 때쯤 평행선상에서 널 존경하고 사랑하게 될 거야."

"그런 네 마음을 미처 살피지 못해 정말 미안하다. 그런데 너 아니? 네가 얼마나 좋은 성품을 갖고 있는지 말이야. 사람들은 날 그다지 편안해하지 않아. 일정한 거리 이상 다가오지 않는다고. 하지만 네겐 누구든지 편안하게 접근하잖아. 그건 공부나 노력으로도 쉽게 되는 일이 아냐. 네 옆에 사람이 많은 건 결코 우연이 아니라고. 넌 사람을 푸근하게 감싸 안는 장점이 있어. 세상은 옳음만으로는 살 수 없어. 옳음의 한계를 감싸 안는 게 덕이라고 생각해. 넌 그 덕을 지녔단 말이야. 난 그런 널 얼마나 부러워하며 좋아했다고. 우린 결국 그런 사람이 되기 위해 마음공부하는 거 아니니? 난 네가 내 친구인 것이 너무 자랑스럽고 행복했어. 내 인생의 소중한 선물이야, 넌.”

“미안해. 이렇게밖에 말할 수 없어서. 그러나 솔직하게 말하는 게 우리 관계에 대한 예의라고 생각했어.”

난 아마 영원히 그 늦은 가을의 오후를 잊지 못할 거야. 그때 우주엔 오로지 우리 두 사람뿐인 것 같았지. 시간이 멈춘 느낌이었어. 산꿩이 깃을 치고 날아오를 때야 우린 사위를 감싸고 있는 어둠 속에서 자리를 털고 일어났어. 내 가슴은 네 사랑을 확인하지 못한 쓸쓸함으로 텅 비어 왔어. 아니, 호흡처럼 함께했던 그 숱한 궤적들에 대한 그리움으로 벌써 안타까워. 너 오랫동안 가슴에 응어리처럼 뭉쳐 있던 이야길 쏟아내고 모처럼 가벼운 얼굴이었지.

돌아오는 내내 난 아무 말도 할 수가 없었어. 비로소 네가 떠난다는 실감 때문에 대책 없이 눈물이 쏟아지더구나. 나를 극복하기 위해 이사를 결행한단 말을 들었을 때, 너에 대해 무지했던 날 무척이나 원망했어. 네 말대로 내가 냉철하고 분별력 있는 사람이었다면 네 감정에 대해 그처럼 무심할 수 있었겠니? 넌 내게 ‘잘남’이라고 표현했지만 사실은 ‘모자람’이었다는 거 알아. 나의 모자람을 참아주고 기다리면서 지금까지 곁에 있어줘서 정말 고마워. 언제 한번 거기 다시 가보지 않을래? 25년이란 시간의 시험을 견뎌낸 우리 우정을 기념하고 싶어. 그땐 말해줄 거지? 날 사랑한다고.

유 턴

수덕사 견성암見性庵에 오른다. 우람한 풍채로 길목을 지키던 느티나무가 겨울 철새들의 날갯짓 같은 바람소리를 낸다. 화답이라도 하듯 계곡의 물소리가 요란하다.

견성암 마당 벤치에 한 여승이 정물처럼 앉아 있다. 흰 머릿속에 정갈한 옷매무새며 뒤태가 곱다. 발걸음 소리를 들었는지 고개를 돌려 바라본다. 맑고 깊은 눈에 보일 듯 말듯 우수의 그늘이 스친다. 그녀는 말없이 장삼 자락을 쓸어내리고, 나는 몰래 훔쳐보다 들킨 사람처럼 멋쩍어 웃는다.

말을 건네볼까 뜸을 들이는 사이 그녀가 자리에서 일어선다. 눈길도 주지 않은 채 곧장 절 안쪽으로 사라진다. 나는 멍하니 그녀의 뒷모습을 쫓다 아직 온기가 남아 있는 벤치에 앉는다. 사방을 둘러보니 첩첩산중이다. 깨달음은커녕 외로움에 질식하고 말 것 같은 적막강산이다. 문득 아스라이 떠오르는 그림 하나, 토함산 중턱을 홀로 오르던 나의 모습이다.

　칠 년 전 여름, 새벽 기차를 타고 경주 불국사에 간 적이 있었다. 오직 혼자 떠나보는 게 목적인 여행이었다. 약간의 긴장과 불안감마저도 낭만적으로 느껴졌다. 기차 안은 계절을 분간할 수 없이 시원했고 좌석은 적당히 안락했다. 막 새벽빛을 벗어난 차창 밖의 풍경은 신비로웠고, 마음은 매인 데 없이 홀가분했다.
　경주역에 내리자마자 억센 경상도 사투리가 귓전으로 날아들었다. 활기 넘치는 띠들썩한 말소리기 흥겨웠다. 서두를 이유가 없었다. 발길 닿는 대로 걷다 마음 내키는 곳에 머물렀다. 자연석들의 조화가 아름다운 불국사 돌각담에, 아사달과 아사녀의 애틋한 사랑 이야기가 전해지는 무영탑에 오래도록 눈길을 주었다. 낯선 사내의 농담에 맞장구를 치며 웃었고, 토함산 중턱 나무그늘에 앉아 단내를 풍기며 성장해가는 초록 이파리들의 수런거림에 귀를 기울이기도 했다. 잠시나마 일상의 의무와 책임을 내려놓고, 오롯이 내 감정에만 충실하며 쉴 수 있다는 것이 얼마나 살맛 나는 일인가를 만끽했다.
　처음 혼자 떠난 하룻길의 여행, 그 귀로는 달콤했다. 서울행 마지막 열차에 몸을 싣자 전신이 나른해왔다. 호흡을 고르는 사이 열차는 경주를 벗어나고, 다문다문 차창을 스치는 인가의 불빛들은 정겨웠다. 시장기처럼 슬그머니 떠나온 집이 그리웠다. 욕망과 애환이 누추와 기쁨 속에 녹아지는 삶의 요람. 작정을 하고 접어두었던 가족들의 얼굴도 떠올랐다. 돌아갈 집이 있다는 것, 기다려줄 사람들이 있다는 것은 얼마나 큰 위안인가. 불현듯 그들이 아니라면, 내 자유의 기쁨과 의미는 과연 무엇일까 싶었다.

여전히 나는 가끔 혼자 여행을 떠나고 싶다. 마음의 나침반이 가리키는 방향을 확인하고 싶어서다. 때로 내 안의 나침반의 방향은 지나치게 자기중심적이거나 관계중심적이다. 욕망의 바늘 끝을 조절하는 일은 늘 쉽지 않다. 혼자 떠나는 여행은 나를 중심으로 관계의 균형을 잡으려는 나름의 숨고르기, 자신에게로의 유턴이다. 그러나 너무 깊은 고립은 사람을 지치고 병들게 한다. 사람이 싫어 떠났다가도 사람이 그리워 다시 돌아오는 이유가 거기 있으리라. 어쩌면 그것은 살아 있는 동안 시계추처럼 반복되는 일상일지도 모른다. 사람과의 부대낌이 고통일지라도 그 상처를 끌어안고 너와 나를 우리로 일치시켜 가는 삶, 그 속에 산다는 것의 묘미와 감동이 있지 않을까.

벤치에 앉았던 여승의 자취는 간데 없고, 견성암 빈 마당엔 햇살만 환하다. 굽이치며 흐르는 계곡의 물소리 바람소리, 깨우침인 듯 내 등을 떠민다. 그래, 세상에 저 홀로 우뚝 선 사람이 어디 있으랴. 돌아보니 천지간의 만물이 모두 스승인 것을.

북두갈고리손

누가 날 찾는다며 친구가 옆구리를 쿡 찔렀습니다. 돌아보니 문간에 아버지가 서 계셨습니다. 친구가 소곤거리듯 물었습니다.

"아버님이셔?"

"아니….."

나도 모르게 불쑥 거짓말이 튀어나왔습니다. 순간 얼굴이 화끈 달아올랐습니다.

아버지의 행색은 너무나 초라했습니다. 볼일로 장에 나왔다가 학교 때문에 읍내에서 자취를 하고 있던 자식들이 궁금하여 들르신 모양이었습니다. 가을걷이 때는 부지깽이도 나서서 거든다고 할 정도로 일손이 모자랍니다. 한창 추수할 무렵이었으니 잘 차려입고 나설 경황이 없으셨던 거지요.

아버지의 손은 북두갈고리손입니다. 나무 등걸처럼 거친 손등에 손가락은 마디마디 옹이가 박여 있습니다. 아버지는 해마다 땅을

샀습니다. 마을 사람들은 하나같이 북두갈고리손 덕이라고 입을
모았습니다. 그만큼 부지런하신 분이었지요. 그런 아버지를 그만
내 아버지가 아니라고 부인하고 말았습니다.

슬쩍 아버지를 바라보았습니다. 비스듬히 이쪽을 등진 자세로
서 계셨습니다. 혹시 아버지가 내 말을 들으신 건 아닐까, 차마 고
개를 들 수가 없었습니다.

아버지는 주머니를 뒤지더니 오천 원짜리를 꺼내 손에 쥐어 주
셨습니다. 나무껍질같이 꺼끌꺼끌하고 뻣뻣한 아버지의 손이 만져
졌습니다.

"끼니 거르지 말고 챙겨 먹어라. 동생들 잘 챙기고."

"네…."

목이 메었습니다. 아무 말도 할 수가 없었습니다. 내 나이 열여
덟 살 때 일이었습니다.

세월이 흘러 철없는 딸이 시집을 가던 날이었습니다. 어머니는
아버지가 생전 마실 줄도 모르는 술을 드시고 취중에 내 이름을 부
르며 우셨다고 했습니다. 평소엔 말이 없으시던 아버지, 자식이 귀
여워도 내색 한번 안하시던 분이었습니다. 난 그런 아버지가 어렵
기만 했습니다. 동생들과 싸우다가도 아버지의 기침소리만 들리면
아무 일도 없었다는 듯 제 할 일로 돌아가곤 했습니다.

신혼여행에서 돌아와 마지막 인사를 드리고 집을 떠나오던 날,
아버지는 말없이 등을 다독여 주셨습니다. 그 손길이 얼마나 따뜻

하고 눈물겹던지요. 아버지의 깊은 정을 그제야 조금 알 것 같았습니다. 만물의 영장이라고 하는 사람이 제 부모의 정을 아는데 왜 그리도 긴 세월이 필요한 것일까요.

내 앞가림하고 사는 일에 바빠 부모를 돌아볼 겨를 없이 이십 몇 년이란 세월이 후딱 지나갔습니다.

"아버지가 쓰러지셨다!"

재작년 봄이었습니다. 어머니의 다급한 전화를 받고 허둥지둥 달려갔습니다. 아버지는 초점이 없는 멍한 눈으로 쓰러진 고목처럼 병실에 누워 있었습니다. 말이 어눌하고 행동도 부자연스러웠습니다. 가벼운 뇌출혈이었습니다. 다행히 위중한 상황은 아닌 듯했습니다.

"아부지….."

가슴 위에 놓인 아버지의 손을 양손으로 감싸 쥐었습니다. 마른 장작처럼 물기 없는 손. 아버지의 한생을 절절이 대변해주는, 마디마디 옹이 박인 손. 뜨거운 눈물이 흘러내렸습니다. 아버지의 눈에도 그렁그렁 눈물이 차올랐습니다.

등을 쓸어주며 격려하시던 산 같은 아버지의 모습은 더 이상 찾아볼 수 없었습니다. 누운 채 대변을 속옷에다 보시고도 아무 말도 하지 못했습니다. 옷을 갈아입혀 드리고 뜨거운 물수건으로 닦아내는 동안에도 아기처럼 무력했습니다. 다행히 입원과 퇴원을 거듭한 몇 개월 만에 어느 정도 거동을 하실 만큼 회복되었습니다. 우리의 그늘이었던 아버지, 이젠 우리가 그늘이 되어드려야 한다는 뒤늦은 자책으로 가슴이 쓰라렸습니다.

　내 손을 내려다봅니다. 크고 뭉툭해서 결코 예쁘다 할 수 없는 손입니다. 가끔 여럿이 모인 자리에 가면 못생긴 내 손이 창피하여 슬그머니 옷섶에 감춘 적도 있습니다. 생각해 봅니다. '어떤 손이 아름다운 것인가. 갸름하고 기름이 반지르르 흐르는 손인가. 고운 손을 버젓이 내어놓고 내가 과시하고 싶은 게 과연 무엇이란 말인가. 진정 아름다운 손은 남을 위해 내어주는 손, 우리 아버지 같은 손이 아닐까.' 그래, 정작 그 손이 부끄러워 감추려고 했던 나 자신을 부끄러워해야 할 일이라는 생각이 들었습니다.

　아버지를 부인했던 죄스러운 기억은 평생 지울 수 없을 것 같습니다. 자식을 키우면서 새록새록 가슴이 저며 옵니다.

　부지런한 농사꾼의 손, 북두갈고리 같은 그 손이 아니었다면 우리 삼남매, 이만큼 무탈하게 자랄 수 없었을 것입니다. 내 자식이 그때의 나만큼 자란 후에야 아버지의 헌신적인 손 그늘 아래서 우리가 얼마나 행복했는가를 깨닫습니다.

　'용서하세요, 아버지. 아버지를 부인했던 죄를 고백합니다. 이젠 삼십 년 동안 제 가슴에 박혀 있던 못을 빼내고 싶습니다. 아버지, 아버지의 북두갈고리손을 정말, 사랑합니다.'

야간산행

정월 대보름날 야간산행이라니, 오래 기억에 남을 추억이 되겠네. 그러나 좀 걱정이 되는군. 잔설이 남아 있는 데다 또 눈 소식이 있으니 말일세. 워낙 산에 밝은 사람들이니 별일이야 있을까만 조심하게. 나이가 들면 생각처럼 몸도 말을 듣지 않는 법이라네. 발을 헛디뎌 미끄러지는 날엔 큰 낭패일세. 그댄 기관지가 약하니 목에 바람이 들지 않도록 가벼운 털목도리를 두르는 것도 좋을 걸세. 아무쪼록 단단히 채비를 하고 나서게나.

내가 전에 살던 동네에 있는 만월산 이야기를 종종 했었는데 기억나는가? 산꾼들 눈에야 그저 마을 야산일 테지만 내 딴엔 꽤 애착이 가던 산이었네. 언젠가 홀로 야간에 그 산엘 오른 적이 있었다네. 소나무 숲 사이로 흐르는 가을 달을 보고 싶어서였지. 어지간히 겁이 많은 나로선 대단한 용기였네. 지금 생각하니 살면서 두 번 있을 것 같지 않은 모험이었어. 사람들이 산을 오르며 첫 숨을 고르는 지점까지 단숨에 올라갔다네. 아마 내 안의 무섬증을 쫓아내기 위한 무의식적인 행동이 아니었을까 싶네.

과연 기대를 저버리지 않은 운치더군. 숲은 고요했고 바람은 서늘했어. 가을 달빛은 차가웠고 어디선가 소쩍새가 울었네. 어둠은 소나무의 푸른빛에 스며 짙은 먹빛이었지. 달빛은 안식하고 있는 숲을 지나 서녘으로 흐르고 있었네. 갈 길을 아는 자의 거침없는 흐름이었지.

문득 나는 어디로 가고 있는지 돌아보았네. 간단치 않은 삶의 고비들마다 길은 꺾여 있거나 끊어져 있더군. 걸어갈 길 또한 아득하고 막막할 따름이었지. 확실한 것은 아무것도 없고 다만 눈앞의 한 걸음에 최선을 다해야 한다는 생각뿐이었네. 내가 한 선택과 결과들에 대해 뼈저린 반성보다는 그럴 수밖에 없었다고 나를 격려하고 싶은 밤이었어.

몸을 돌려 내가 걸어온 쪽을 돌아보았네. 시내의 야경이 한눈에 들어왔네. 절로 탄성이 나오더군. 야밤 산행의 무모한 용기를 보상할 만한 또 다른 아름다움이었지. 그러나 난 이내 가슴이 아려서 그 불빛을 오래 바라볼 수가 없었네. 그 현란한 불빛은 다름 아닌 유흥업소가 밀집된 거리의 네온사인이었다네. 한낮 그 거리에서 느껴지던 알 수 없는 피로가 저 화려한 밤의 열락 때문일지도 모른다는 생각이 들더군. 그저 살아가는 한 방법 아니냐고 편히 마음을 접을 수만은 없었네. 언젠가 본 거리 풍경이 떠올라서였네.

옷섶으로 찬바람이 스미는 저녁 무렵이었을 걸세. 반라의 미희들이 몸에 띠를 두르고 단란주점 광고를 하고 있는 것을 보았네.

푸른 눈의 아리따운 러시아 아가씨들이었지. 사람들은 큰 구경거리라도 생긴 양 걸음을 멈추고 미희들의 행렬을 바라보았네. 인형처럼 생긴 아가씨들은 새빨간 입술로 술집 이름을 외치며 전단을 나눠주고 있었네. 그들은 사람이 아니라 움직이는 마네킹 같았지. 삶을 움직이는 두 개의 축이 쾌락과 권력이라는 니체의 말이 생각났네. 그 틈바구니에서 도구로 전락하는 자들의 운명은 과연 누구의 책임인지 묻고 싶었네.

어둠과 어둠이 살을 맞대면 그 상처는 더 깊을 수밖에 없을 걸세. 학려하게 포장된 욕망의 배설구, 그 이면의 그늘과 허기가 한눈에 보이는 듯했네. 도덕의 잣대로 단죄를 하려는 게 아니라네. 혼돈 속에 뒤섞일 수밖에 없는 인간의 욕망에 대한 연민이라고 해야 할는지. 사는 일이 가여웠네. 어찌할 수 없는 그 가여움이 또 가여워서 눈물이 날 것 같았지. 달에게 물었네. 인간이란 무엇이냐고, 어떻게 살아야 하는 거냐고. 달은 말없이 제 길을 갈 뿐이었네. 난 진부한 물음을 가슴에 안은 채 산을 내려왔네.

단어가 일으키는 연상 작용이 가끔은 참 흥미롭다는 생각이 드네. 야간산행이란 그대의 말이 내 안에 이토록 많은 기억들을 불러낼 줄은 몰랐네. 당시의 감정까지 고스란히 떠오르는 걸 보면 아직 나의 저장능력은 쓸 만한 모양일세. 함께할 수 없어 섭섭하네. 따로 시간을 내어 보세. 모처럼 그대와 아주 맛난 밥을 먹고 싶으이. 감기 조심하고, 잘 다녀와서 소식 전해주게.

재클린의 눈물

종일 울리지 않는 전화를 만지작거리다 무작정 거리로 나섰다. 금방이라도 눈이 쏟아질 것처럼 하늘은 잿빛이었다. 맥없이 서성대다 버스를 타고 내린 곳은 종종 들르곤 하던 서점 앞이었다. 그나마 이곳은 내 안의 네비게이션이 안내해주는, 유일하게 안전한 곳이었다. 사람들 속에 섞여 책을 고르고 있으면서도 가슴에 일렁이는 헛헛증은 좀체 가라앉지 않았다. 소통할 누군가가 절실히 필요한 건지도 모른단 생각을 했다. 종일 습기처럼 가라앉아 있던 허기는 결국 외로움 때문이었던가. 눈에 들어오는 대로 몇 권의 책을 사들고 거리로 나왔을 땐 눈발이 흩날렸다.

이때 어디선가 누군가의 속울음 같은 첼로의 선율이 들려왔다. 여미고 여며도 마음을 시리게 하는 소리였다. 소리는 버스정류장 옆 음반매장에서 흘러나오고 있었다. 연주가 끝나자마자 나는 매장으로 들어가 방금 들은 시디를 구입하고 싶다고 말했다. 주인은 자상하게 그 곡이 오펜 바흐의 〈재클린의 눈물〉이며 미샤 마이스키가 연주한 곡이라고 설명해주었다. 나는 그가 권하는 대로 미샤 마이스키와 재클린 뒤프레의 첼로 연주곡이 들어 있는 시디를 샀다.

그 날 나는 긴 밤을 〈재클린의 눈물〉을 들으며 보냈다. 연주는 조용하고 나직하게 문을 두드리듯 시작되었다. 회랑 저 안쪽에서 울려오는 소리처럼 어둡고 처연했다. 무거운 침묵이 흐르는가 싶더니 끊어질 듯 첼로의 선율이 이어졌다. 애잔하게 반복되다가 마침내 끓어오르듯 비통하고 또 격정적인 선율로 바뀌었다. 내 안의 상처들이 갈기를 세우며 일어서고, 고단하고 아픈 일상들이 아우성치며 달려드는 듯했다. 메말라 갈라진 마음 갈피 사이로 한바탕 눈보라가 휩쓸고 지나간 느낌이었다. 재클린의 눈물이 나의 눈으로 채워지는 순간이었다. "마음이란 얼마나 민감하고 섬세한 육체인가!" 절절하게 아린 공감 속에서 나는 차마 토해낼 수 없었던 마음의 울혈을 풀어냈고, 모처럼 깊은 잠에 빠졌다.

그 밤 이후 나는 한동안 〈재클린의 눈물〉을 듣지 않았다. 그 날의 통증을 다시 대면하는 일이 두려웠기 때문이었다. 겨울이 가고 쥐똥나무에 새순이 돋을 즈음 나는 여행길에서 재클린 뒤프레의 첼로 연주를 들었다. 기교를 내세우지 않은 그녀의 연주는 에너지가 넘쳐흘렀다. 함께 듣고 있던 친구가 그녀를 비운의 천재 첼리스트라고 했을 때까지만 해도 그녀에 대한 궁금증은, 그날 밤 느꼈던 '참을 수 없는 두려움'과 같은 미샤 마이스키의 첼로 연주에 비할 바가 아니었다. 그러나 재클린이 지휘자이며 명피아니스트인 다니엘 바렌보임의 아내였다는 사실과, 마흔두 살의 나이에 근육이 굳어가는 희귀병으로 외롭게 죽었다는 이야길 들었을 때는 적잖이 충격을 받았다.

여행에서 돌아온 나는 한동안 깊숙이 넣어 두었던 시디를 꺼내 다시 들으면서 자료들을 살펴보았다. 이 곡은 독일의 토마스 베르너라는 첼리스트가, 미발굴된 오펜 바흐의 작품에 '재클린의 눈물'이라는 제목을 붙여 재클린 뒤프레에게 헌정한 것이었다. 그녀의 쓸쓸한 죽음에 대한 애도의 표시였다. 그녀는 네 살에 첼로를 시작해 열여섯 살의 나이에 클래식계에 데뷔했다. 스무 살에 이미 세상의 주목을 받는 첼리스트가 되었고, 스물두 살에 다니엘 바렌보임과 결혼을 했다. 연주가로서 한창 이름을 떨치던 스물여덟 나이에 그녀는 불치의 병에 걸리게 되고, 남편에게 짐을 지우는 게 싫어 이혼을 요구하고 스스로 곁을 떠났다. 마침내 그녀는 마흔두 살 나이에 아무도 돌아보지 않는 초라한 임종을 맞았다.

다니엘 바렌보임은 14년의 투병기간 동안 단 한번도 그녀를 찾지 않았다고 한다. 용기 있고 소신 있는 예술가로 유명한 다니엘 바렌보임. 지휘봉을 휘두르며 단상에 선 멋진 그의 모습이 외롭게 죽어가는 그녀와 오버랩 되었다. 다니엘 바렌보임은 재클린이라는 한 여자를 사랑한 것이 아니라 그녀의 재능을 사랑했는지도 모른다. 그녀 역시 예술이 그녀의 전부였을 것이고, 다니엘 바렌보임과의 사랑 역시 그 예술의 일부가 아니었을까. 그것을 알았기에 비참한 최후를 혼자서 맞이할 수 있었는지도 모른다. 하지만 그 쓸쓸함이라니, 사랑하는 남편을 부러 멀리하고 또한 외면당하는 슬픔은 버티기 힘든 상처였으리라.

세기의 사랑이라고 일컬어졌던 재클린 뒤프레와 다니엘 바렌보임의 쓸쓸한 결말은, 사랑을 꿈꾸면서 오는 공허가 사랑을 꿈꾸지 않는 삭막한 현실보다 더 고통스러울 수 있다는 걸 일깨워준다. 현명해진다는 것은 사랑이든 삶이든 허상을 갖지 않고 좀 더 명료하게 있는 그대로 보는 것을 의미하는 게 아닐까. 그러나 실체에 대한 허상은 지니지 않더라도 사랑은 영원한 이끌림이다. 그것이 상서로 끝난다 한들 예술이 있는 한, 메마르지 않는 샘일 수밖에. 예술은 상처를 상처로써 치유하기 때문이다. 그리하여 나는 오늘, 비운의 첼리스트 재클린을 떠올리며 나의 허기와 상처에 맞서 글쓰기에 매달려 본다.

차이差異에 관한 단상

　일상에서 겪는 갈등의 원인 대부분은 사소한 것들이다. 나는 종종 그 사소한 것들에 목숨을 건다. 작은 생각의 차이가 건널 수 없는 강을 만들고, 관계를 단절시키는 결과를 가져오기도 한다. 그 차이가 '틀림'이 아니라 '다름'일 뿐이라는 걸 깨닫는 것은 왜 그렇게 어려운지.

　어느 할머니 댁에 가서 콩 고르는 일을 도와드린 적이 있었다. 좋은 것과 병든 것을 골라 각각 다른 그릇에 나누어 담는 일이었다. 일은 단순하고 명쾌했다. 그러나 가끔은 헷갈렸다. 벌레 먹은 것도 아니고 쭉정이도 아닌 콩을 만날 때였다. 같은 콩을 때론 버릴 그릇에, 때론 남길 그릇에 넣었다. 그런 판단은 아주 순간적이고 무의식적으로 이루어졌다. 그러나 겉으로 보기에 둘 사이의 차이는 거의 없었다. 문득 사람을 구별하고 판단하는 일도 얼마나 자기 본위적일 수 있는지, 그 결과는 또 얼마나 치명적일 수 있는지를 생각했다.

　인생은 콩을 골라내듯 그렇게 단순하고 명쾌하지 않다. 그럼에도 불구하고 난, 아테네 교외의 케피소스 강가에 침대를 하나 놓고, 지나가는 사람들을 붙잡아 침대보다 키가 크면 잘라 죽이고 작으면 늘여 죽인 프로크루스테스(Procrustes)처럼 얼마나 많은 판단의 월권행위를 해 왔던가.

이런 경험은 사물이나 사람이 가지고 있는 다양한 면모와 깊이를 알아보는 일이 결코 쉽지 않다는 것을 생각나게 한다. 다양한 요인들이 그 사물이 가지고 있는 특성 중 한 면모를 드러나게 할 것이기 때문이다. 그것은 고정된 것이 아니라 특정한 상황에선 또 다른 형태로 반응하는 다양성, 즉 차이를 가지고 있을 수 있다 나는 곧잘 눈에 보이는 지극히 일부일 수 있는 것으로 전체를 판단하는 잘못을 저지른다. 일이 저질러지고 나서야 사물의 표면 그 아래를 들여다볼 수 있는 통찰력이 얼마나 중요한가를 반성한다.

한편, 차이를 인정한다 하더라도 그것이 차별이 되게 한다면 평화로운 공존은 여전히 어려울 수 있다. 차이가 생기게 하는 여러 요인이 있을 수 있고 그 요인 중 대부분은 개인의 힘으로 어찌할 수 없는 것들이다. 부모, 인종, 성별 같은 것은 우리가 선택할 수 있는 것이 아니다.

역사 속에 드러난 인간의 성향을 놓고 본다면 차이가 차별이 되는 현실은 피할 수 없을 성싶다. 인류는 정복의 역사이다. 방법만 달라졌을 뿐 여전히 뺏고 빼앗기는 투쟁은 계속되고 있다. 히틀러의 유태인 학살이 그렇고, 아프리카의 후투족과 투치족 간의 종족 분쟁이나 끊임없는 종교 간의 대립이 한 예이리라. 차이가 차별이 되지 않게 하기 위해 계몽된 이성과 양심에 호소하는 것은 어쩌면 낭만적인 기대에 지나지 않을지도 모른다.

자연계에 존재하는 다양성과 조화는 우리에게 많은 것을 시사한다. 그들에겐 차이와 다름이 갈등이 아니라 축복이다. 봄날 들길을 걷다 보면 작고 수수한 들꽃들을 많이 만난다. 언뜻 보면 비슷한 것 같지만 하나도 같은 모양이 없다. 저마다 자기만의 독특한 개성과 향기를 지니고 있다. 서로 비교하여 이것이 저것보다 더 낫다고 말할 수가 없다. 그들이 지닌 차이는 인간들과는 달리 아름다움과 풍요의 원천이다. 전세계적으로 삼십오만 종 이상이나 되는 식물의 종류가 존재한다고 한다. 곤충은 백만 종에 이르고 조류는 구천 종이 넘으며 어류 또한 이만 종이 넘는다고 한다. 그들은 자연의 질서를 깨뜨리지 않는 범위 내에서 생육 번성한다. 그 다양성과 어울림이 그저 경탄스러울 뿐이다.

세계가 한마당이 된 시대이다. 차이는 때로 긴장을 불러일으킬 수 있지만 시각에 따라 즐거움일 수도 있다. 식물이나 동물의 다양성에서 볼 수 있는 것처럼 차이는 '틀림'이 아니라 '다름'이므로. 사물이 가진 다양성과 차이를 인정하는 능력은 모든 관계에서 진정한 콩블랑드르(Comprendre)*로 작용하여 너와 내가 어우러져 살게 하는 비결이 아닐까 싶다.

---

* 콩블랑드르 : 어떤 것을 받아들여 그것과 하나가 되는 일.

他

. . . .

　　1216번! 이름 대신 그는 번호로 불렸다. 나는
견고한 쇠창살을 가운데 두고 그와 마주 앉았다.
빛 바랜 황토색 수의囚衣에 쓰인 번호를 보는 순간
눈시울이 뜨거워졌다. 무슨 말을 해야 할까.

1216번

차에 오르자마자 빗방울이 하나둘 떨어지기 시작했다. 마음이 조급해지면서 절로 가속페달에 힘이 주어졌다. 구치소에 도착했을 때는 빗발이 굵어져 있었다. 회색 건물 마당엔 젖은 연등이 만국기처럼 바람에 흔들렸다.

면회소 안은 빈 의자가 보이지 않을 정도로 만원이었다. 그럼에도 적막감이 감도는 것은 왜일까. 텔레비전에서는 공익 프로그램이 방영되고 있었지만 눈길을 주는 사람은 많지 않았다. 사람들은 대기실 전광판 앞에서 번호가 적힌 쪽지를 들고 차례를 기다렸다. 35회 차, 이십여 분쯤 더 기다려야 할 모양이었다. 그사이 친구는 아들에게 넣어줄 물건들을 챙기느라 분주했다.

나는 선 채 조심스레 주변을 두리번거렸다. 면회소 입구 왼쪽에 걸린 그림 하나가 시선을 끌었다. 여명의 하늘로 솟구쳐 오르는 갈매기의 모습이었다. 수형자의 작품이었다. 그보다 더 명징하게 간힌 자의 욕망을 그려낼 수는 없지 싶었다. 그림의 붉디붉은 바탕색조차 스스로에게 가하는 형벌처럼 아프게 느껴졌다.

마음을 쓴 탓인가. 오금이 저리고 방광이 팽창되면서 나는 화장실을 들락거렸다. 일반 화장실과 달리 키가 닿을 수 없는 높이에 창문이 있었다. 그 창문을 에워싼 촘촘한 쇠창살 사이로 잿빛 하늘이 내다보였다. 죄는 어디로 가고 연민 때문에 목이 메었다.

1216번!

이름 대신 그는 번호로 불렸다. 나는 견고한 쇠창살을 가운데 두고 그와 마주 앉았다. 빛 바랜 황토색 수의囚衣에 쓰인 번호를 보는 순간 눈시울이 뜨거워졌다. 무슨 말을 해야 할까. 단정하게 포개진 그의 손에 시선을 꽂은 채 나는 아무 말도 할 수가 없었다.

"잘 지내시죠?"

그가 먼저 말을 건네왔다.

"응…. 괜찮니?"

채 말을 맺기도 전에 눈물이 쏟아졌다. 친구의 아들은 부드럽고 단호한 어조로 말을 이었다.

"사람으로 태어나 사람답게 사는 길은 자기 양심을 속이지 않는 것입니다. 진리가 무엇인지 깨달은 대로 실천하는 삶이야말로 하느님과 인간 모두에게 가치 있는 삶이라고 믿습니다."

그의 죄명은 '항명'이었다. 양심적 병역거부로 인한 미결수로서 재판을 기다리고 있는 중이었다. 구치소에는 그 말고도 같은 죄명으로 구금된 수감자들이 120명이나 있었다. 그들은 평화주의 종교적 신념에 따라 기꺼이 중립을 유지하며 항명에 대한 대가를 치른다고 했다. 대체복무제 등 대안이 논의되고 있긴 하지만 아직은 항명에 대한 1년 2개월의 복역 형이 고수되고 있는 상황이었다. 제아무리 신념이라곤 하나 일말의 인간적 고뇌마저 없지는 않을 터였다. 어미 된 심정이 오죽하랴. 그러나 그녀는 시종일관 담담하고 의연했다.

나는 굳이 옳고 그름을 묻고 싶지 않았다. 그들보다 더 나은 가치를 제시할 수도 없으려니와 절친한 친구와 그 아들의 선택을 존중하고 위무하는 일이 나의 역할이라고 여겨졌기 때문이었다.

허용된 십 분은 금세 흘러갔다. 벨소리와 함께 다음 회 차를 알리는 안내방송이 울려 퍼졌다. 헐렁한 수의 사이로 드러난 그의 가느다란 뒷목이 마음을 더욱 애잔하게 만들었다. 그가 문 저쪽으로 사라지고 나서야 나는 그녀의 재촉을 받으며 자리에서 일어섰다. 접견실 문을 나서는데 수련이 그려진 액자가 눈에 들어왔다. 진흙 속에서 향기롭게 피어나는 연꽃 그림은 흔히 볼 수 있는 것이었다. 그러나 오늘은 예사롭게 보이지 않았다. 저 높은 담장 안 사람들의 회한 서린 염원은 아닐까 싶었다.

비는 좀처럼 그칠 것 같지 않았다. 차는 수원을 지나 용인으로 접어들고 있었다. 와이퍼는 헐떡거리며 빗물을 닦아내고, 뇌리엔 무거운 생각들이 착잡하게 꼬리를 물었다. 삶은 선택이다. 비록 소수의 소외된 길일지라도 자기의 신념과 가치에 따른 그들의 선택을 존중

해야 하지 않을까? 그들의 신앙이 이 사회에선 용납되기 어려운 이상을 내포하고 있을 수도 있다. 그러나 그 실천을 위해 기꺼이 스스로를 결박하는 용기조차 비난해서는 안 된다는 생각이 든다. 사실 '양심적 거부'는 양심의 문제와 함께 집단과 개인을 어떻게 봐야 할 것인지의 시각으로 접근해야 하는 문제인지도 모른다. 상호공존을 위한 화해의 접점은 없는 것일까?

룸미러로 그녀의 기색을 살폈다. 아들이 의연하게 받아들이길 원한다며 끝내 눈물을 보이지 않던 그녀의 눈가가 축축하게 젖어 있었다.

그 남자에 대한 기억

먼지를 뒤집어쓴 클래식 기타가 거실 한 구석에 우두커니 서 있다. 품에 안아 본 것이 언제였던가. 쇠줄엔 붉은 반점처럼 녹이 슬어 있다. 잊힌 자의 비애 서린 모습이다. 줄을 튕겨 본다. 제 소리를 잃어버린 기타가 신음처럼 괴성을 낸다. 문득, 차 향 속에 신비롭게 어우러지던 로망스의 선율과 함께 한 남자의 얼굴이 떠오른다.

그 남자는 클래식 기타 선생이었다. 본업은 기타 교습이지만 다도에도 조예가 깊었다. 좋은 차는 우주의 신령스러운 기운과 만나는 통로라고 말하면서 늘 차를 마시는 일로 교습을 시작했다. 다도에 대한 그의 열정은 업이나 다름없어 보였다. 그의 말을 다 이해할 수는 없었지만 난 알 수 없는 감응으로 귀를 기울였다.

그는 수도자처럼 한결같은 평상심과 사람의 속을 꿰뚫어 훑는 듯 예리한 눈빛을 지니고 있었다. 난 그에게 여리고 흔들리기 쉬운 속내를 드러내게 될까봐 노심초사했다. 연습 중에 그의 시선이 의식되면 손가락은 제자리를 찾지 못한 채 방황하기 일쑤였다. 줄을 퉁기면 기타가 아니라 내 안에서 소리가 울리는 것만 같았다. 이게 도대체 무슨 선율일까 혼란스러웠다. 그런 심적 부담 때문인지 교습은 일 년이 지나도록 지지부진했다. 그러다 내가 멀리 이사를 하면서 교습은 자연스럽게 중단되었다. 그는 낯설고 어려운 사람으로 내 기억 속에 잠겼다. 내 안의 울림이 밖으로 나가지 않고 마음 바닥에 가라앉은 것도 무리는 아니지 싶었다.

그로부터 삼 년 후, 메일함 정리를 하다 우연히 그의 주소를 발견했다. 그의 시선에 대한 강박증에서 벗어난 홀가분함 때문이었을까? 난 친숙한 사람에게 하듯 긴 메일을 보냈다. 이틀 후 답신이 왔다. 답신의 서두는 담담하고 자연스러웠다. 하지만 나는 곧 예상치 않았던 소식에 당황했다. 그는 남의 사주팔자를 상담해주는 사람으로 전업해 있었다. 붉거나 흰 깃발을 내어 단, 무슨 철학관 혹은 무슨 신의 이름을 빙자한 점집이 떠올랐다. 요즘 현대인의 정서에 맞게 바뀐 '인생상담소'를 차린 모양이었다. 사실 그는 꽤 알아주는 기타리스트로서 화려한 경력을 가지고 있었다. 학원에 걸려 있던 유명 연주가들과의 사진이 점집의 깃발과 겹쳐졌다.

교습이 있던 어느 날의 일이 떠올랐다. 늘 그랬듯 그는 교습을 시작하기 전 다실로 날 초대했다. 차를 마시는 동안의 긴 침묵이 어색해서 그 날은 모차르트의 시디를 들고 갔다. 그는 시디를 걸어달라는 내 요청에 난감한 표정을 지었다. 지금 음악을 듣고 있는 중이라는 것이었다. 다실 안은 적막할 만큼 조용했다. 고개를 갸웃거리는 내게 그는 차분한 어조로 말을 이었다.

"지금 저 오디오에는 시디가 걸려 있어요. 볼륨은 제로 상태지만 저는 그 소리를 들을 수 있지요. 소리뿐 아니라 소리의 진동까지 강렬하게 전달되고 있어요. 근 한 달째 소리 없이 소리를 듣는 훈련을 하는 중입니다. 죄송하게 되었네요."

어리둥절해서 입을 다물지 못하는 내게 그는 미소띤 얼굴로 차를 따랐다.

그는 좋은 차를 감별할 줄 아는 탁월한 능력이 있어서 여기저기 불려다니는 일이 잦았다. 차인들과 정기적인 교류를 하면서 관련된 책자를 펴내기도 했다. 인터넷 쇼핑몰에 각 나라의 귀한 다기와 차를 구해서 올리고 판매하는 일을 할 정도로 그 분야에 조예가 깊었다. 그가 가지고 있는 다기들은 청나라 시대 것에서부터 조선시대 것까지 다양했다. 여러 차례 다기 전시회를 열어 관심 있는 사람들의 뜨거운 호응을 얻기도 했다.

그런 그가 '인생상담소'를 열었다니 뜻밖이었다. 생계 수단으로 그 일을 할 사람은 아니었다. 메일에는 주변 사람들의 간절한 요청으로 그 일을 하게 되었노라고 했다. 자신 또한 소명으로 알고 받아들였다는 것과, 그것이 자신의 삶에 얼마나 중요한 의미가 있는지 진지하게 설명하고 있었다. 상이한 종교적 배경이 벽이 되었던 것일까? 납득하기 어려웠지만 어차피 그의 선택은 나의 이해밖에 있을 터였다. 함께 교습을 받던 지인은 형언할 수 없는 그의 눈빛을 '신기'라고까지 표현했었다. 차나 음악을 통해 궁극에 도달하고 싶었던 그의 갈망이 '인생상담소'라는 결말로 귀착된 것인가? 말미에 그는 여전히 차와 기타에 대한 이야기를 빼놓지 않았다. 기타 연주는 평생 할 것이며 다도 또한 그러하다고. 지나는 길에 차를 마시러 오라는 인사를 여운처럼 남기고 있었다.

난 답을 보내지 않았다. 모든 행동의 동기가 언제나 명료하게 설명될 수 있는 건 아닐 게다. 그가 답신을 기다렸는지는 알 수 없다. 어쩌면 그는 내 마음의 혼란을 어렵지 않게 짐작했을지도 모른다. 그런 짐작은 그의 업이고, 그때 내 안에서 살며시 울려 퍼진 기타 소리와 뜬금없이 내습한 차 향 속에서 더듬어보는 그 남자에 대한 기억은 나의 업으로 이해하련다.

삼순어미

“내 눈 속엔/까만 염소 두 마리가 들어와 살고 있다”

— 문태준 시 〈염소〉 중에서

시를 보는 순간 불현듯 삼순어미 생각이 떠올랐다. ‘꽃피는 산골’ 망초꽃 무더기 속에서 삼순이와 그 어미가 주고받던 정겨운 대화가 스크린처럼 펼쳐졌다.

‘꽃피는 산골’은 찻집을 겸한 음식점이다. 지난봄 용현계곡에 갔다가 우연히 알게 된 곳이었다. 잠시 쉬어 갈 생각으로 들어갔는데 분위기가 괜찮았다. 무엇보다 주인아주머니의 후덕한 인상이 마음에 들었다. 그는 손짓을 하더니 내실 쪽의 작은 황토방으로 나를 안내했다. 불을 넣은 지 얼마 안 되어선지 방에선 나무 탄내가 났다. 한쪽 벽면에는 색이 누렇게 바랜 책들이 선반에 가지런히 꽂혀 있었다. 이곳뿐 아니라 실내 곳곳에 책들이 놓여 있었다. 모두 주인의 손때가 묻은 빛 바랜 책들이었다. 이런 산골 식당에 책이라니, 슬그머니 호기심이 일었다. 솔잎차를 주문하면서 혹시나 싶어 말을 던져 보았다.

"저어, 글 쓰시는 분인가봐요?"

"그래요. 다 지난 이야기지만."

대답이 선선했다. 동병상련이었을까. 사실을 알게 된 순간 호감이 갔다. 그러나 아주머니는 더 말을 하고 싶지 않은지 주문한 차만 들여놓고는 다시 얼굴을 비치지 않았다.

용현계곡은, 가야산 골짜기에서 흘러내리는 물이 너너한 데다 주변경관도 수려해서 찾는 이들이 적지 않았다. 도시에 사는 친구들이 올 때마다 나는 '꽃피는 산골'을 찾았다. 따로 표현은 하지 않았지만 아주머니도 내 호감이 싫지 않은 눈치였다. 첫날 장사익 노래가 나오기에 좋다고 했더니 갈 때마다 그 시디를 걸어주었다. 나는 마치 오래 알고 지낸 사람 집에라도 온 듯 마음이 편안했다. 그러나 그녀는 좀체 자기 이야기를 꺼내지 않았다. 나이는 육십쯤이고 몇 년 전 서울에서 내려와 장사를 시작했다는 것 말고는 아는 게 없었다. 다른 식구가 있는 것 같지도 않았다. 무슨 사연이 있을지도 모른다는 생각이 들었지만 굳이 알려고 하지 않았다.

망초와 바랭이가 엎치락뒤치락 품을 늘려가던 여름날이었다. 마당 건너 묵정밭에서 염소들이 풀을 뜯고 있었다. 나를 배웅 나온 아주머니가 밭둑으로 다가가더니 살가운 목소리로 삼순이를 찾았다. 누굴 부르나 싶어 두리번거리는데 그 중 제일 큰 녀석이 아주머니를 쳐다보고 매에헤헤헤, 울었다.

"어이구, 우리 삼순이 대답도 잘하네."

아주머니는 애 어르듯 염소의 등을 쓰다듬었다. 꿈보다 해몽이라더니! 슬며시 웃음이 나왔다. 내 속내를 읽은 듯 그가 말했다.

"한 번 더 들어 볼라우?"

아주머니는 간격을 두고 몇 차례 더 삼순이를 불렀다. 그때마다 염소는 꼬박꼬박 대답을 했다. 영락없이 어미와 새끼가 말을 주고받는 모양새였다.

"아주 상냥한 손녀를 두셨군요?"

"이렇게 말 잘 듣는 새끼 봤수?"

제 살붙이처럼 애틋하게 말대꾸를 주고받는 것을 보면서 이름을 불러주고 응답하는 행위 속에 깃든 소통의 깊이를 헤아렸다. 나는 내 가까운 이들과 저들처럼 진솔한 소통을 나누었던가. 과연 우리는 얼마나 서로 마음으로 응답해 왔던가. 진정한 소통엔 그리 많은 말이 필요치 않을지도 모른다. 문제는 말의 모자람이 아니라 진정성의 정도일 텐데.

입추 지나고 조석으로 바람이 서늘할 무렵, 다섯 번째인가 그 집에 갔을 때였다. 으레 아주머니가 나오려니 했는데 그 날은 낯선 애기엄마가 손님을 맞았다. 서운하기도 하고 궁금하기도 해서 아주머니 안부를 물었다. 여인은 그냥 멀리 가셨다고만 대답했다. 어디 여행이라도 가셨나보다 대수롭지 않게 생각하고 더 이상 묻지 않았다.

갈참나무에 물이 들고 계곡 물이 여월 때쯤 다시 그곳을 찾았다.

이번에도 아주머니는 모습을 보이지 않았다. 나는 혹시 주인이 바뀌었나 싶어 자세히 아주머니의 근황을 물었다. 젊은 여인은 머뭇거리는 눈치더니 입을 열었다.

"저어, 아주머니 돌아가셨어요. 말벌에 쏘여서…. 그래서 제가 가게를 맡게 된 거고요."

말을 마친 여인의 표정이 무거웠다. 혹시 따님이냐고 물으니 그냥 먼 친척뻘이 된다고 했다. 황당하고 허망했다. 어느새 정을 붙였는지 마음 한구석이 휑했다.

그 날 '꽃피는 산골'을 나오면서 염소가 있는 곳을 바라보았다. 염소는 나무에 묶인 채 먼 산을 바라보고 있었다.

"삼순아!"

주인아줌마처럼 염소를 불렀다. 염소는 들은 체도 하지 않았다. 나는 자꾸 삼순이를 불러댔다. 녀석은 여전히 뒤도 돌아보지 않았다.

'멀쩡한 녀석 같으니라구.'

생각 없는 짐승도 응답을 보내야 할 상대를 알아보는 것인가. 미움이든 사랑이든 내가 쌓은 그대로 돌아오는 법. 메아리가 없다면 먼저 마음 낮춰 자신을 돌아보라고 녀석이 한 수 가르쳐주는가 싶었다. 돌아보니 상처와 연민을 덧대며 함께 흘러온 시간의 무늬가 암각화처럼 선명하다. 살붙이 간에는 그 무늬가 더욱 깊이 파여 있다. 언제쯤이면 가슴과 가슴으로 그리는 명화 한 점 내 안에 들일 수 있을까. 삼순이와 그 어미의 따뜻한 풍경 같은.

난지도의 세 남자

　당진군 석문면에 위치한 난지도蘭芝島에 가면 삼거리슈퍼란 구멍가게가 있다. 주인장은 거기서 나고 거기서 평생을 살아온 할아버지다. 웃을 때 새우 눈이 되는 할머니가 그림자처럼 영감님 곁을 지킨다. 말이 슈퍼지 소주, 라면, 새우깡 등의 잡화가 휑뎅그렁하게 놓여 있을 뿐이다. 가게 옆으로 작은 조립식 천막을 치고 식당처럼 매운탕이며 낙지볶음을 만들어 판다. 여름 한철 대목이 지나고 나면 그나마 인적이 뜸하여 모래바람과 싸우는 날이 태반이다.

　평생 갯가에 엎드려 산 탓인지 할아버지는 활등처럼 등이 굽었다. 반질한 데 없이 주름이 가득하지만 속내가 그대로 읽히는 순박한 얼굴이다. 칠순을 훌쩍 넘긴 나이에도 발목까지 빠지는 모랫길을 헤치며 경운기로 짐을 실어 나르는 모습은 젊은이 못지않게 활력이 있어 보인다. 이따금 경운기로 배에서 내린 손님들을 실어 나르는데 청하지 않아도 방향이 같으면 그냥 지나치지 않는다. 경운기는 인정 많은 할아버지의 갯배나 다름없다.

그런 난지도의 기억을 좇아 다시 나선 여행길이었다. 일행 중 한 사람이 예전에 경운기 얻어 탄 일을 꺼내며 고맙다는 말을 전하자 할아버지는 나 좋아하는 일인데, 하며 손사래를 쳤다. 그럼에도 마음이 흐뭇해서일까, 반색을 하며 점심을 차리는 할아버지의 손길이 여간 바쁘지 않았다.

그런데 큰 문제가 터지고 말았다. 가게에서 좀 떨어진 곳에 주차를 하다가 그만 모래톱에 빠져 꼼짝달싹못하게 된 것이다. 난감했다. 가만히 서 있어도 등에 땀이 흐르는 삼복더위였다. 낌새를 차리고 말없이 사라졌던 삼거리슈퍼 할아버지가 경운기를 몰고 나타났다. 익숙한 솜씨로 굵은 밧줄을 경운기에 걸어 모래에 빠진 차와 연결했다. 있는 힘을 다해 끌어보았지만 역부족인 듯했다. 경운기의 딸딸거리는 소리가 조용한 바닷가 마을을 뒤흔들었다. 그때였다. 군인 모자에 새카만 선글라스를 끼고 머리를 질끈 동여맨 남자가 다가왔다.

"이거 된통 빠졌군. 아니, 어쩌다 여기까지 차를 몰고 들어왔나?"

귀가 먹먹할 정도로 큰 목소리였다. 남자는 앞뒤로 차를 돌아보더니 끌끌, 혀를 찼다. 딱하다는 표정이 역력했다. 그의 억센 목소리에서 알 수 없는 자신감이 느껴졌다. 나는 혹시나 싶어 남자를 바라보았다. 뾰족한 해결 방법이 있을 것만 같아 다음 말이 떨어지길 기다렸다.

"형, 이거 다른 방법으론 안 되고 차로 빼야 돼!"

어라, 사십쯤 되어 보이는 남자는 거침없이 할아버지를 형이라고 불렀다. 두 사람의 표정을 보니 오래전부터 그렇게 호형호제 부르며 지내온 사이인 것 같았다. 할아버지가 차를 부르러 간 사이 그가 설명을 했다.

"바람 때문에 이 모래언덕이 생긴 거요. 허구한 날 부는 바람을 사람이 당해낼 재간이 있나. 걱정 마쇼. 차만 오면 이 차 빼는 건 문제 없을 거요. 휴가철엔 군청에서 중장비를 동원해 모래를 퍼내주는데 올핸 좀 늦는구먼."

말끝이 부드러웠다. 일을 하다 나온 차림으로 보이는데 서둘러 돌아갈 생각을 하지 않았다. 견인할 차를 부르러 간 할아버지 형을 기다리는지 삼거리 쪽을 쳐다보며 이마에 땀을 닦았다. 긴 머리에 거침없는 말투며 삐딱하게 쓴 모자, 페인트가 묻은 옷을 보면서 그가 혹시 화가일지도 모른다는 생각을 했다. 낯선 섬 남자에 대한 엉뚱한 상상, 그의 제안이 가져올 기분 좋은 결과에 대한 안도감 때문이었을까.

갤로퍼 한 대가 씩씩하게 모래밭을 헤치며 달려왔다. 차는 용사처럼 우리 앞에 턱 멈춰 섰다. 삼거리슈퍼 할아버지에 이어 밀짚모자를 쓴 사람이 차에서 내렸다. 언뜻 보아선 나이를 짐작하기 어려운 노인이었다. 우람한 걸때에 부리부리한 눈빛하며 분위기가 예사롭지 않았다. 소싯적에 힘깨나 썼을 강건한 몸집이었다. 내리자마자 그는 인사를 건넬 겨를도 없이 주변부터 살폈다. 그러더니 공중에 떠 있는 앞바퀴가 땅에 닿을 때까지 바퀴 옆을 삽으로 팠다.

억센 목소리의 남자와 삼거리슈퍼 할아버지도 삽을 들고 거들었
다. 일의 앞뒤를 잘 아는 사람들처럼 그들은 척척 손발이 맞았다.

밀짚모자를 쓴 사람은 타고 온 갤로퍼에 밧줄을 풀어 모래톱에
빠진 우리 차와 연결했다. 이어 힘껏 페달을 밟자 헛바퀴만 돌던
차가 조금씩 움직였다. 마침내 차는 강한 마찰음을 내면서 모래수
렁을 빠져나왔다. 가슴을 조이며 바라보던 나는 손뼉을 치며 환호
성을 질렀다. 도움을 준 두 사람은 아무 일도 없었다는 듯 제대로
인사도 받지 않고 횡허케 차를 몰고 떠났다. 고맙기도 하고 한편
서운해서 사례를 하려니 삼거리슈퍼 할아버지가 완강하게 손을 저
었다. 곤경에 처한 사람 도와주는 게 당연한 일이지 인심사납게 무
슨 소리냐고.

길에선 사나운 인심도 만나고 푸근한 인정도 만나는 법. 그래서
길을 나선다 함은 무엇보다 사람을 만나는 일일 테다. 사람을 찾아
나서는 길은 언제나 추억을 밟는다. 내 안의 난지도에는 뜻밖에도
섬은 없고 세 남자에 대한 기억만이 호젓하다. 세 남자가 섬이 되
어 사이사이 떠오르는 섬. 역시 세상에서 가장 아름다운 풍경은 사
람과 사람이 그리는 훈훈한 마음풍경이 아닐까.

민가네

사람들은 그녀를 민가네라고 부른다. 그녀의 성을 따붙인 한정식 식당을 운영하면서 새로이 얻게 된 호칭이다. 남편의 초등학교 동창생이기도 한 그녀는 귀염성 있는 얼굴에 성격도 명랑 쾌활해서 많은 사람들로부터 사랑을 받는다. 특히 남자 동창들에겐 거의 여왕 같은 존재다. 그 바람에 부인들에겐 은근히 질시의 대상이 되기도 한다.

어느 해 봄, 민가네가 초등학교 동창들과 어울려 나들이를 갔을 때였다. 등산 후 뒤풀이로 마신 술이 얼큰하게 올라 모두들 눈이 게슴츠레 했다. 그녀는 같은 동네 사는 병구 씨와 한차를 타고 있었다. 피로와 졸음을 이기지 못한 병구 씨는 중앙선을 갈지자형으로 넘나들며 아슬아슬 곡예운전을 했다. 그녀는 병구 씨의 허벅지를 꼬집고 목청껏 노래도 불러보았지만 소용이 없었다. 궁리 끝에 한 가지 처방을 생각해냈다.

"병구야! 졸지 말고 차라리 내 가슴을 만져!"

비몽사몽하던 병구 씨는 와하하 웃음을 터뜨렸다. 덕분에 잠은 천리로 달아나고, 일행은 안전하게 집으로 돌아올 수 있었다. 그 후 놀러 갈 일이 생기면 남자 동창들은 하나같이 민가네를 옆에 모시기 위해 혈안이 되었다.

그녀는 대학에 다니는 아들 하나와 함께 과부 아닌 과부의 처지로 살고 있었다. 초등학교 동창이었던 남편과는 십 년째 별거 중이다가 최근에 이혼을 한 상태였다. 요즘 들어 그녀는 식당일을 마치고 집으로 돌아가기 싫은 날이 부쩍 많아졌다. 아들은 기숙사에 가 있고 집에는 늙은 강아지뿐이었다. 독수공방 십 년 세월에 느는 건 외로움과 한숨이었다.

사정을 잘 아는 이웃에서 제법 괜찮은 홀아비를 소개했다. 첫 만남에서부터 남자는 민가네에게 호감을 보였다. 그녀는 썩 내키지 않았지만 몇 번 더 만나보기로 했다. 그녀의 주장인즉 돈보다 느낌이라는 것이었다. 다 갖추었는데 그 느낌이란 게 영 부족하다고 했다. 사람들은 팔자를 고치게 되었는데 공연히 굴러들어온 복을 차지 말라고 훈수를 두었다. 집안 내력도 반듯한 데다 상당한 재력까지 갖춘 모양이었다.

이 사실을 알게 된 남자 동창들이 하나같이 반기를 들고 일어났다. 성씨가 별나다는 둥, 사는 지역이 나쁘다는 둥, 괜한 트집을 잡으며 재혼을 반대했다. 민가네는 발끈했다. "언제까지 너희들의 기쁨조 노릇을 하고 있으란 말이냐, 울타리가 되어주면 뭐하느냐, 내 가슴이 적막강산인데!"라고 소리 높여 항변했다. 늘 남자 친구들에 둘러싸여 있는 듯해도 때가 되면 제 갈 곳으로 가고, 달랑 혼자 버려진 것 같은 헛헛증은 어쩔 수 없었다. 내심 그들은 친구와의 재결합을 원했지만 그녀는 이십 년 각고 끝에 내린 결심이라며 단호했다.

어떤 이들은 오십이나 넘어 남세스럽게 무슨 재혼이냐고 수군거렸다. 가까운 친척들마저도 집안 망신이라며 눈살을 찌푸렸다. 과부 사정은 과부만 안다더니 헛말이 아닌 듯싶었다. 민가네는 은근히 오기가 치밀었다. 한 살이라도 더 먹기 전에 내 행복을 찾아야겠다고 작정했다. 호사를 누리자는 것이 아니었다. 날이 좋으면 좋은 대로 흐리면 흐린 대로 옆구리가 시리고 허전했다. 다만 서로를 아끼고 보듬어줄 자기만의 남정네가 절실히 필요할 뿐이었다. 그녀는 적극적으로 자신의 재혼의사를 주변 사람들에게 알렸다. 그리고 이 남자를 만난 터였다.

높아지는 이혼율과 함께 재혼에 관한 이야기가 심심찮게 오르내리는 현실이다. 그러나 세상은 나이 든 여자의 재혼에 대해서 그다지 관대하지 않다. 남자의 성적 필요는 기꺼이 인정을 하면서도 여자의 성에 대해서는 슬그머니 고개를 돌린다. 은근히 어머니와 아내로서의 역할만을 최고의 미덕인 양 강조한다. 사람들의 그런 의식은 아직 건강한 여성으로서의 욕망을 숨죽이게 만든다. 결국 반쪽의 행복을 숙명처럼 받아들이며 어쩔 수 없이 헌신적인 어머니와 정숙한 여인으로 살아간다. 아직 우리 사회는 나이 든 여자가 재혼하기 위해서는 좀 더 용감하고 뻔뻔해져야 하는 분위기가 아닌가 싶다.

선을 본 이후 민가네는 더 예뻐지고 여성스러워졌다는 말을 자주 듣는다. 나풀거리는 시폰 원피스에 살짝 내린 애교머리 등 표가 나게 얼굴에 생기가 넘친다. 남자 동창들은 씰룩거리며 못마땅해했지만 그녀는 눈도 깜빡 하지 않는다. 단 한 번뿐인 인생 아닌가. 타인의 시선 때문에 행복할 권리를 포기하는 건 어리석다는 듯 당당하다. 바야흐로 그녀의 인생이 가을 단풍처럼 타오를 모양이다

봄날의 환幻

  '첫'이라는 순정성 때문일까. 경주를 더듬는 친구의 눈빛이 푸르고 시리게 느껴졌다. 그녀에게 이곳은 첫사랑의 추억이 오롯이 되살아나게 하는 장소였다. 석가탑이나 토함산은 그녀가 선배라고 부르던 남자친구와 함께 대학 4년 내내 즐겨 찾던 곳이었다. 자욱한 안개 속에 비까지 추적추적 내리던 날, 그녀는 나와 함께 경주를 찾았다. 25년 만이었다.

  친구는 석가탑 앞에 이르러 걸음을 멈추었다. 나는 짐짓 볼일이라도 있는 양 반대 방향으로 걸음을 옮겼다. 모처럼의 회상을 방해하고 싶지 않아서였다. 그녀를 등진 자세로 회랑의 처마 끝에서 떨어지는 빗소리에 무심히 귀를 기울였다. 고요한 산사의 낙수. 흙은 부드럽게 자기 몸을 내어주며 물방울을 받아 안았다. 맑고 투명한 물소리가 소녀의 수다처럼 가볍고 유쾌했다.

  한참만에야 그녀가 침묵을 깨고 입을 열었다.

"그는 여길 찾을 때마다 석가탑을 그리곤 했어. 다보탑보다는 무영탑無影塔이라고도 불리는 이 탑을 오래도록 바라보곤 했지. 서로에 대한 그리움과 안타까움으로 연못에 빠져 죽게 된 아사달과 아사녀의 사랑 이야기를 들려주면서 말이야."

나는 조용히 이야기가 이어지길 기다렸다.

"처음에 그는 지극히 모성적인 나의 사랑에 감동한 것 같았어. 그러나 시간이 흐르면서 점차 부담스러워하는 눈치더군. 사실 내 사랑은 이성을 향한 것이라기보다 자식에 대한 어머니의 헌신 같은 것이었거든. 지금 생각해보면 집착의 다른 이름이 아니었을까 싶네. 제대 후 복학하면서 끝내 이별을 선언하더군. 아무래도 친구 이상의 감정을 느낄 수 없다면서 말야. 어쩌면 그는 자기 외로움 때문에 관계를 지속해 왔을지도 모른단 생각이 들어. 사랑의 진정성을 헤아리기엔 우린 너무 젊은 나이였을까. 하지만 난파된 사랑을 분별할 정도의 이성은 갖고 있었어. 가슴이 무너져 내렸지만 난 결국 받아들였어. 일방적인 사랑은 서로 불행할 테니까. 그 후 한 번도 그의 소식을 듣지 못했어. 아니, 알려고 하지 않았지. 그리고 25년이 흘렀네. 어쩌면 첫사랑의 환상은 이루지 못한 안타까움에서 생기는 게 아닐까 싶어."

그녀는 긴 숨을 몰아쉬더니 다시 석가탑으로 시선을 옮겼다. 탑에 얽힌 애틋한 전설이 감상을 보태었는지 눈빛에 애잔함이 가득했다. 나는 적당한 간격을 두고 마주 선 두 탑을 바라보았다. 나 역시 다보탑에 더 많은 눈길을 보냈었다. 석가탑의 단순하면서 안

정감 있는 균형미보다는 다보탑의 정교하고 섬세한 조형미를 더 좋아했다. 나이 탓일까, 이제 석가탑 앞에서 마음이 더 편안해지는 것은.

"아마 지금도 고고학이나 인류학 분야에서 일하고 있을 거야. 이젠 만나도 친구처럼 잘살고 있느냐고 담담히 물을 수 있을 것 같아."

그녀는 모처럼 내게 시선을 건네왔다. 평담한 눈빛이었다. 나는 말없이 미소로 답했다. 강산이 두 번 바뀐 세월이었다. 시간의 모래밭에 묻히지 않는 관계가 있으랴. 통속적인 유행가 가사처럼 세월이 약인 것이다. 지명을 바라보는 인생 고개를 넘다보면 사랑도 미움도 제 위치에 둘 줄 알게 되는 것인가. 마침내 부질없는 집착에서 자유로워지고 도리어 삶의 일부로서 희로애락을 끌어안게 된다.

빗줄기가 거세지고 있었다. 우리는 맨몸으로 젖고 있는 벚꽃나무 길을 걸었다. 물기 젖은 흑갈색 수피는 거칠고 투박했다. 군데군데 상처의 헌 데 같은 옹이에선 그들이 살아낸 세월의 깊이와 고단함이 느껴졌다. 한때 저 나무는 눈부시게 아름다운 꽃으로 뭇사람의 시선을 받지 않았으랴.

그렇다. 인생에 어찌 꽃피고 잎 무성한 계절만 있을 것인가. 꽃을 달고 있는 시간은 아주 잠깐이다. 잎이 무성할 때에도 늘 바람에 시달린다. 마침내 가진 모든 것을 털어내고 빈 가지로 눈보라를 맞을 때가 온다. 나무는 엄살을 떨지 않고 그 모든 것을 순순히 받아들인다. 첫사랑은 잎도 피기 전, 여린 꽃을 피우고 속절없이 스러지는 봄날의 화사한 꽃 같다. 꽃이 핀다고 다 열매를 맺는 것이랴.
절반 이상을 비와 바람과 햇볕에 내어준다. 가을 무렵엔 제 몸이 감
당할 만큼 적당히 열매를 품고 있다. 비록 이루지 못한 사랑이라도
생애 한순간이 꽃빛으로 화사할 수 있다는 건 축복이 아닐까.

불국사를 떠나 토함산으로 접어들었다. 안개에 휘감긴 산은 봉
우리만 어렴풋이 그 모습을 드러냈다. 굽이굽이 산자락을 타고 감
포甘浦로 가는 길은 아름다웠다. 희부연 안개 속에 잎도 꽃도 없이
가지 끝자락만 아슴아슴한 풍경은 한 폭의 수묵화였다. 그래, 첫사
랑의 추억도 그런 봄날의 한 같은 것이려니. 길은 한가했다. 마음
의 속도를 따라 천천히 비 내리는 추령고개를 넘었다.

칠순의 연애

그녀의 입술은 진달래 꽃빛처럼 화사했다. 실낱처럼 가늘어진 눈가엔 연방 웃음이 감돌았다. 하얀 재킷에 녹색 주름치마, 복사뼈까지 얌전히 접어올린 흰 양말을 신고, 왼쪽 팔엔 알록달록한 구슬 백을 걸치고 있었다. 한껏 모양을 낸 빛이 역력했다.

그녀는 나의 가까운 이웃이었다. 서른 중반에 남편을 잃고 삼남매를 키우며 삼십 년이 넘게 청상과부로 살아온 터였다. 그러던 어느 날 우연히 이웃에 있는 할아버지와 한 차를 타게 되면서 두 사람의 로맨스는 시작되었다. 그는 할머니보다 여섯 살 연하의 홀아비였다.

그녀는 칠순의 나이에도 우렁찬 목소리에 힘 있는 눈빛을 가진 영감님에게 은근히 사내다운 매력을 느꼈다. 호감을 느낀 순간부터 적극적으로 관심을 표현했다. 자식들이 주는 얼마 안 되는 용돈을 푼푼이 아꼈다가 영감님이 좋아하는 간식거리를 사다주었다. 청소며 빨래, 밑반찬까지 살뜰히 챙겨 사실상 마나님 역할을 하다시피 했다.

영감님은 그녀가 썩 마음에 들지 않는 모양이었다. 나이도 나이려니와 비쩍 마른 몸이 영 마음에 걸리는 것 같았다. 골골 앓다 일찍 돌아간 첫 마나님을 떠올렸는지도 모를 일이었다. 과일에 떡, 김치까지 해다 바쳐도 여간해선 고맙단 인사를 하지 않았다. 그녀는 할아버지의 무뚝뚝한 성격 때문이겠거니 하면서 혼자 서운한 마음을 다독였디.

어느 날 두 사람은 소래포구로 소풍을 나갔다. 점심때가 기울어 있었다. 할아버지는 무얼 먹고 싶은지 물었다. 그녀는 구두쇠 영감이 오늘은 마침내 근사한 점심을 사려나보다 하고 내심 감격하여 좋을 대로 하세요,라고 대답했다.

영감님은 소래포구를 두어 바퀴 돌며 기웃기웃하더니 끝내 아무것도 먹지 않은 채 소래를 빠져나왔다. 시간은 어느덧 세 시를 넘기고 있었다. 그녀는 그만 허기가 져서 어지럼증에 다리까지 후들거렸다. 할아버지는 결국 드라이브만 한 채 할머니를 굶겨 집으로 돌려보냈다.

생각할수록 야속했다. 그동안 해다 바친 정성을 보아서라도 도저히 그럴 수는 없는 노릇이었다. 정히 돈이 아까우면 포장마차에서 국수 한 그릇만 사도 될 일이었다. 할머니는 이를 앙다물고 다시는 영감님을 만나지 않겠노라고 맹세를 했다. 지지리 남자 복도 없다고, 절로 팔자타령이 흘러나왔다. 그날처럼 외롭고 긴 밤은 평생에 처음인 듯싶었다.

하루가 지나고 이틀이 지났다. 그녀는 눈이 빠지도록 오지 않는 전화를 기다렸다. 한시도 전화기 옆을 떠날 수 없을 만큼 마음이 간절했다. 그러다 나흘째 되는 날, 마침내 기다리던 영감님의 전화가 걸려 왔다. 마음 같아선 한달음에 달려가고 싶었다. 하지만 이참에 사람 귀한 줄 알게 해야 한다고 입술을 깨물며 버텼다. 일각이 여삼추 같은 몇 날이 흘렀다.

드디어 영감님이 사람을 시켜 소식을 보내왔다. 감기몸살로 심하게 앓아누웠다는 것이었다. 이쯤 되자 그녀는 더 이상 고집을 부릴 수 없게 되었다. 그녀는 정성을 다해 사가지고 간 찬거리로 국을 끓이고 반찬을 만들었다. 아픈 사람 같지 않게 영감님이 밥 한 그릇을 뚝딱 해치우는 것을 보면서 속도 없이 흐뭇했다.

상을 물린 영감님은 할머니의 손을 꼭 쥐었다. 가늘고 주름진 손이 억센 손안에서 파르르 떨렸다.

"할멈 죽으믄 내가 책임질 겨……."

순간 할머니의 주름진 뺨 위로 참았던 눈물이 흘러내렸다. 얼른 영감의 가슴에 얼굴을 묻고 주책없이 흘러내리는 눈물을 감추었다. 그날 밤 그녀는 난생처음 사랑이라는 감정 때문에 가슴을 설레며 잠을 설쳤다.

다음날 영감님은 그녀에게 다시다와 우유를 선물했다. 두고 볼수록 무던하고 살뜰히 챙겨주는 것이 그만한 여자도 없지 싶었다.

그녀는 행복했다. 결혼이라는 형식을 거친 부부는 아니지만 얼마 남지 않은 날들을 내 영감이거니, 의지하며 살자고 마음먹었다. 하루하루 사는 게 즐거웠다. 밤마다 단잠을 잤고 긴 밤도 두렵지 않았다. 팔순을 바라보는 그녀의 얼굴에 전에 없이 화색이 돌았다.

자식들은 그 나이에 무슨 연애냐고 못마땅하게 여겼다. 주변 사람들의 시선도 곱지 않았다. 그녀는 개의치 않았다. 자식들을 염려하여 진작 재가를 하지 못한 것이 억울할 판이었다. 두 사람이 행복하면 그뿐이었다. "썩은 나무토막 취급허지 말어. 나도 여자여. 사랑도 할 줄 안다구!" 절규하듯 그렇게 외쳤다.

〈죽어도 좋아〉란 영화가 상영되었을 때 많은 노인들은 "속이 시원하다. 내가 하고 싶었던 우리들의 이야기다."라고 환호했다. 노인을 할머니 할아버지가 아니라 욕망을 가진 한 개인으로 표현했다는 데 많은 공감을 얻어내지 않았나 싶다. 어쩌면 우리들의 마음속에서 노인들은 의식적이든 무의식적이든 심리적 타자이고, 성과 사랑의 욕망이 없다고 상정하고 있었던 건 아닌지 모르겠다. 나이에 따라 삶의 가능성이 체계적으로 억압된 사회, 이것은 누군가의 말처럼 "고도로 조직화된 조용한 폭력"은 아닐는지.

그렇다. 요람에서 무덤까지 필요한 것은 사랑이다. 사랑을 주고받는 것만큼 삶에 의미를 더해주고 사람을 살아 있게 만드는 일이 또 있을까. 나이가 무슨 대수이랴. 사랑할 권리와 행복할 권리는 그 어떤 가치보다 우선하는 것이 아니겠는가. 나는 내 이웃의 칠순 연인들에게 아낌없는 축하의 박수를 보냈다.

오늘도 그녀는 여느 때처럼 단장을 하고 나섰다. "올봄은 어찌
이렇게도 빨리 간담!" 조바심만큼 영감님에게로 향하는 그녀의 발
걸음이 빨라지고 있었다.

달밤의 이사도라

누군가 맨발의 그녀를 업어 마당 한가운데 내려놓았다. 질끈 묶어 맨 생머리에 야구 모자를 눌러 쓰고, 붉은 티셔츠에 꽉 끼는 진바지를 입은 여자였다. 그녀는 땅에 내려서자마자 가볍게 몸을 흔들었다. 이때 한 남자가 달려와 여자를 향해 마주 섰다. 두 사람은 잠시 호흡을 맞추는가 싶더니 서로를 향해 열정적으로 춤을 추기 시작했다. 달빛의 정기라도 받은 것인가. 그 몸짓은 코브라처럼 유연하고 맹수처럼 격렬했다.

춤이 끝났을 때 사람들은 열렬히 환호했다. 그녀는 땀에 흠뻑 젖은 몸으로 무대에서 걸어 나오며 손을 흔들었다. 달빛 아래 그녀의 얼굴이 드러난 순간, 사람들은 다시 한 번 탄성을 질렀다.

"세상에! ㅇ실장 아냐?"

그녀는 미처 가라앉지 않은 거친 호흡으로 속삭이듯 말했다.

"달밤의 이사도라라고 불러주세요."

그녀의 얼굴은 희열에 넘쳐 있었다.

그녀는 전형적인 도시 여인의 깔끔한 외모를 지니고 있었다. 중년의 나이에 박사과정을 밟고 있는 학생이면서 시인, 직장인, 주부 등 그녀를 수식하고 있는 직함은 많았다. 이번 문학 행사를 주최하는 문예지의 책임 있는 위치에 있는 인물이기도 했다. 그럼에도 그런 가시적인 것들로 그 사람을 안다고 말하긴 어려웠다. 그러나 그날 밤, 그녀가 코브라처럼 유연한 몸놀림으로 춤을 출 때 비로소 그 사람을 많이 알게 된 느낌이었다. 그녀의 춤을 본 사람들의 반응은 비슷했다. "어디에 저런 끼가 숨어 있었지? 하는 짓이 귀엽네!" 전혀 예상치 못했던 모습이라는 말투였다.

내가 그녀에게서 본 건 억압되지 않은 욕망의 자연스러움이었다. 오로지 춤이 되어 춤으로 존재하는 그 순간의 해방과 희열이 부러웠다. 돌이켜보면 난 부질없는 환상과 관념에 얽매인 과거나 미래 속에서 늘 '지금'을 살지 못한 것 같다. 어쩌면 난 그 순간조차 날 선 의식의 감시 아래 끊임없이 자신을 살피며 현재를 즐기지 못하는 강박증에 매여 있었는지도 모른다.

나도 그녀처럼 춤추고 싶었다. 무대 한가운데로 달려 나가 감정이 이끄는 대로 한바탕 몸을 부려보고 싶었다. 춤 자체에 대한 욕망이 아니라 그 욕망을 표현하는 내 의지와의 힘겨루기에서 지고 싶지 않았다. 무엇을 할 자유와 하지 않을 자유가 내 의지에 의한 것이길 바랐다. 몸의 말은 솔직하다. 자기 검열의 강박증에서 벗어나기 위해 춤을 선택한 것도 그 이유 때문일 것이다.

그러나 몸은 끝내 감정을 따라가지 못했다. 관절마다 말뚝을 박은 것처럼 경직된 채 우두커니 바라보기만 했다. 흥은 인간에게 주어진 선물이고 삶의 활력소다. 그리고 춤은 그 흥의 표현이다. 그것은 절로 터져 나오는 웃음 같은 것이다. 나는 흥을 누리기보다 흥에 대한 왜곡된 관념 속에 스스로를 가둠으로써 흥의 정서를 잃어버린 몸치가 되고 말았다.

열사흘달이 구름 속을 들랑거리며 중천을 가로지르고 있었다. 장작불은 불티를 튕기며 주홍색으로 타올랐다. 바야흐로 문학행사는 절정으로 치닫고 있었다. 사람들은 손에 손을 잡고 캠프파이어를 중심으로 원을 그리며 돌았다. 내가 잡은 손이 남자의 것인지 여자의 것인지를 굳이 따지지 않았다. 진행자의 지시에 따라 둘을 외치면 둘이 뭉치고, 다섯을 외치면 다섯으로 뭉쳤다. 어쩌다 틀리게 여섯이 되어도 웃었고, 다섯이 되면 그리 된 게 좋아서 또 웃었다. 아는 얼굴보다 낯선 얼굴이 더 많은 사람들 속에서였다.

놀이는 사람과 사람의 경계를 허물고 마음과 마음이 얼크러지게 만드는 힘이 있었다. 난 아이처럼 웃고 떠들고 뛰어 놀았다. 그 단순한 몰입의 순간 몸과 마음은 비로소 하나였고, 나는 한판 춤을 춘 듯 신명이 나 있었다. 놀이에 취하고 달빛에 젖은 사람들의 얼굴이 장작 불빛보다 더 붉은 밤이었다.

불륜부부

세상에 그런 부부가 또 있을까 싶다. 이순을 바라보는 부부가 주고받는 말이나 행동이라고는 볼 수 없을 정도로 다정하고 애틋했다. 분명 제 짝이 아닐 거라는 어머니 말씀도 무리는 아니었다. 주변 사람들은 얼마나 정이 좋으면 그렇게 사느냐며 시샘 섞인 눈길을 보냈다. 그렇다고 아주머니가 빼어난 미인이거나 말씨가 나긋나긋 상냥한 여자도 아니었다. 연세가 지긋한 분들은 천하에 둘도 없는 속궁합이라도 되는가 보다고 우스갯소리를 했다. 어머니 문병을 갔다가 이야기의 당사자를 만난 나는 호기심을 이기지 못하고 물었다.

"아저씨, 아주머니 어디가 그렇게 좋으세요?"

흔히 받아온 질문인 듯 아저씨는 껄껄 웃었다. 남편 대신 아주머니가 소녀처럼 상기된 얼굴로 말을 받았다.

"난 지금도 시장 가다가 다리 아프면 업어달라고 해. 남편은 사람이 보거나 말거나 말이 떨어지기 무섭게 날 업어줘. 살이 찐 이후로 좀 힘들어 하지만."

"걱정 마. 지금보다 더 살이 쪄도 업어줄 수 있어."

"그럼 항아리 굴러다니는 것 같아서 보기 흉할 텐데?"

"책임질 사람 있는데 뭐가 걱정이야?"

아주머니는 내 쪽으로 시선을 옮기더니 진지한 표정으로 말했다.

"남편이 출장을 가서 이틀만 지나면 보고 싶어서 눈물이 나. 난 이 사람 발걸음 소리만 들어도 가슴이 설레. 천하에 오직 이 남자만 내 사람이다, 그러고 살지."

아저씨의 얼굴에 잔잔히 미소가 번졌다. 아주머니는 남편의 손을 꼭 쥐더니 말을 이었다.

"사람들이 우리보고 불륜이라고 그러대. 그게 뭔지 모르지만 우리처럼 사는 게 불륜인가보다 그래."

아무것도 아닌 일로 맞장구치고 웃고 이야기하는 부부를 바라보면서 비결이 저것이구나 싶다. 실없는 말에도 옳으니 그르니 내 잣대로 말을 자르지 않고 기꺼이 인정해준다. 그런 너그러움이 상대방의 기분을 북돋우면서 즐거움을 배가시키고 있다. 그래, 내 뜻과 좀 다르면 어떤가. 틀렸다손 대수일까. 그 분별이 상대방을 기쁘게 하는 것보다 중요하랴. 그렇게 살면 평생인들 연인처럼 지내지 못할 이유가 없을 것 같다.

의사소통이 부부 관계의 생명선이라는 사실을 모르는 사람은 없다. 그러나 주위 사람들의 말을 들어보면 부부가 종일 나누는 대화가 열 마디도 안 된다고 한다. 우리 부부도 예외는 아니다. 남편은 원래 말수가 적다. 매사 자상하게 표현을 하는 성격도 아니다. 꼭 할 말도 최대한 짧게 한다. 머리, 꼬리 다 자르고 중심 뼈대만 이야기한다. 그러다보니 혼자 해석하고 혼자 서운해 하는 경우가 많다. 말이 많으면 허물이 크다고 하지만 할 말을 안하는 허물도 적지 는 않을 것 같다.

나는 또 어떤가. 매사에 옳고 그름을 가리려다보니 말에 온기가 없다. 중간에 말을 잘라 상대의 기를 꺾기 일쑤인 데다 완벽주의까지 합세하여 숨이 막히게 한다. 내가 공을 세게 던지면 상대도 반사적으로 거칠게 받아치게 마련이다. 나는 결국 둘 다 패배할 수밖에 없는 게임을 한 셈이다. 마흔이 넘어서야 소통 방식이 얼마나 중요한가를 뼈저리게 깨닫는다.

인생에 수많은 길이 있듯 사람 안에도 많은 길이 있을 것이다. 부부라는 이름으로 살아온 세월이 길어도 난 여전히 남편을 잘 모른다. 그 사람 안에 있는 많은 길 중에 얼마나 되는 길을 함께 걷고 공유했는지도 확신이 없다. 정작 한 인간으로서의 소통이나 영혼의 만남은 소홀히 한 채 아내나 남편이라는 주어진 명분에 충실하면 그것으로 최선을 다했다 생각하고 산 것은 아닌지. "아내가 갈비뼈를 다치면 골치가 아프고, 애인은 감기만 들어도 가슴이 아프다."는 웃지 못할 이야기의 주인공이 나라고 해도 할 말이 없다. 그

러기엔 삶이 너무 고단했노라고 변명을 한대도 소통을 위한 노력
을 게을리한 죄는 결코 가볍지 않으리라.

　돌아보며 후회만 하기엔 남은 시간이 많지 않다. 함께 여행이라
도 떠나야겠다. 낯선 여행지에서 손을 꼭 잡고 '불륜부부'처럼 이야
기를 나눠보고 싶다. 남편이 내 영혼 속으로 들어오는 길을 편안하
게 찾을 수 있도록 따뜻한 등불 하나 걸어놓고.

앉은뱅이 꽃

훕이 젖을 물린 채 환한 얼굴로 나를 맞는다. 도리암직한 외양에 민낯을 한 훕은 갓 스물이나 되었을까 싶게 앳되다. 가녀린 듯 암팡진 모습이 꼭 앉은뱅이 꽃 같다. 곁에서 아이를 들여다보던 영감님은 멈칫하더니 자리에서 일어난다. 인사도 받는 둥 마는 둥 문간을 들랑거리다 작정한 얼굴로 다가앉는다.

"선상님, 이 늙은이를 천하에 못된 놈이라고 욕허셨쥬? 암만, 돈이믄 다 되는 세상이래두 워치게 저 어린것을 데리고 살 생각을 혔냐구 말유. 사실 나도 첨엔 망칙했슈. 이건 증말 아니다 싶어 거절했다니께유. 근디 대이구 사정을 하는 거여유. 어떻게든 날 좀 한국으로 데리고 가 달라구. 자기 한 몸에 친정 식구들 목숨이 달려 있다구. 맘 한구석이 캥기면서두 슬그머니 욕심이 생기더라구유. 홀아비로 오래살다 보니 외롭기두 했쥬. 어린 처자가 맘 쓰는 게 기특허다 싶기두 했구유. 그래 못 이기는 체 데리구 왔슈⋯."

영감님은 헛기침을 하더니 더듬더듬 말을 이었다.

"데려다 맘이나 기대구 살자 그랬는디 막상 곁에 두니… 몸 생각이 나더라구유. 그래 몇 번 잠자리를 했는디 그만… 애가 생겼구먼유. 첨엔 어찌나 남사시런지 얼굴을 못 들고 다니겠더라구유. 한편짝으룬 어린 색시 맘 붙들어 앉힐라믄 잘된 일인지 모른다 싶어 애를 낳게 했슈. 막상 갓난애를 보니 기맥히대유. 눈망울 초롱해가지구 쳐다보는데 나 땜에 세상에 나온 저걸 워칙허나 싶어 잠이 다 안 오더라니께유. 고등학교 졸업 때꺼정은 살아야는디……."

영감님은 나지이 한숨을 내쉬며 잠시 뜸을 들였다.

"전처허구는 말 못할 사정으루다 진작에 갈라섰슈. 전처 자식은 아들만 둘인데 모두 짝쳐서 살림을 내줬구유. 개들한텐 아예 못을 박아놨슈. 느덜은 살 만치 해줬으니께 딴 생각 허덜 말라구. 집 허구 논 몇 마지기 있는 건 이 아이 앞으로 허겄다구 했슈. 지들두 알았다고 허더라구유. 조만간 아이 앞으로 명의 변경을 헐 참이구먼유. 내가 혀 줄 수 있는 게 그것밖에 없어서유. 낯짝 부끄럽지만 워쩌겠슈. 앨 생각혀서라두 이 악물고 살아봐야쥬."

고해성사라도 하듯 속내를 털어놓고 영감님은 짠한 눈빛으로 아이를 바라본다. 늙은 아버지와 눈이 마주친 아이는 방싯거리며 팔을 벌린다. 둥그스름한 눈매에 나부죽 가무잡잡한 얼굴, 영락없이 엄마를 빼닮았다. 제 어미를 닮았다고 하는 그 당연한 사실에 이토록 마음이 무거워지는 것은 왜일까.

홉은 베트남 사람이다. 재작년에 내가 사는 이웃 동네 월곡리로 시집을 왔다. 남편은 그녀보다 서른일곱 살이나 위였다. 도대체 어떻게 그럴 수 있느냐고 물으니 베트남에서는 예삿일이란다. 능력만 있으면 됐지 나이 차이가 무슨 상관이냐는 것이다. 그들에겐 사랑보다 당장 먹고 사는 문제를 해결하는 게 첫째 조건이란다. 살다 보면 아이도 낳고 정도 드는 게 아니냐고, 산전수전 다 겪은 노인처럼 말을 했다.

오로지 밥을 해결하기 위해 말도 통하지 않는 영감님과 눈 몇 번 마주치고 평생을 맡길 수밖에 없는 홉의 가난이 기막힐 따름이었다. 순탄치 않을 아이의 운명이나 그것을 뒷갈망해주기엔 턱없이 늙은 아버지의 인생도 안타깝긴 마찬가지다. 하기야 남들이 뭐라든 저이들이 만족하면 그만이다. 메울 수 없는 나이 차이가 안타깝기는 하지만 그 또한 자기 선택 아닌가. 심청이처럼 제 한 몸 던져 친정을 살려보겠다는데 제삼자가 무슨 권리로 왈가왈부할 것인가. 삶의 조건이 오직 밥일 수밖에 없는 현실에선 사랑도 한낱 사치나 허영일 수 있겠다는 생각이 들었다.

홉은 영감님의 말을 알아들었는지 못 알아들었는지 배시시 웃는다. 그녀에게 웃음은 통하지 않는 말 대신 사용하는 의사전달의 한 방법이다. 댓바람에 건네는 반말이 당혹스럽지만 그녀를 탓할 일이 아니다. 애초 가르치는 사람이 존댓말을 사용하지 않으니 그대로 따를 뿐이다. 서른일곱이나 위인 남편한테도 '너', 뒷집 호호백발 할머니한테도 '너'다. 처음 일 년은 집 안에서나 밖에서나 말 때문에 울고 웃는 일이 태반이었다.

이곳 월곡리는 가구의 상당수가 다문화 가정이고 그중 과반수가 베트남 여자들이다. 다른 나라 사람들에 비해 베트남 여자들은 남편에게 순종적이고 가족에 헌신적이기 때문에 한국 남자들에게 인기가 많다. 문제는 밥이라는 필요가 충족되고 한 여성으로서의 정체성을 자각하게 되고 나서도 여전히 자신의 불합리한 처지에 만족할 것인가 하는 점이다.

한국 국적을 취득하고 한국어에 익숙해지면 취업은 얼마든지 가능하다. 오로지 그런 목적을 위해 위장결혼을 하는 여성들도 적지 않다. 그들은 목적이 달성되면 감쪽같이 자취를 감춘다. 물론 계속되는 차별과 학대를 못 이겨 가출하는 경우도 있다. 통계에 의하면 다문화 가정은 내국인들과의 결혼에 비해 이혼율이 월등하게 높고, 이혼 사유의 절반은 폭력과 학대라고 한다. 언어와 문화의 소통 부재 외에도 평균 20년 이상이나 되는 연령 차이에서 오는 갈등은 심각하다.

홉의 표정을 보니 그런대로 살 만한가 보다. 영감님도 몰강스러운 사람 같지는 않다. 나의 불안과 염려는 군걱정일지도 모른다. 영감님 원대로 아이가 두 사람을 묶어주는 끈이 되어 사는 것처럼 살 수 있다면 그보다 다행한 일은 없으리라. 그런데 어쩌자고 내 마음은 이렇듯 착잡한 것이냐. 고비늙은 영감님 얼굴 위로 앉은뱅이 꽃처럼 푸르고 여린 홉의 얼굴이 자꾸만 떠오른다.

빗금공간

점례 씨는 가난에 등을 떠밀려 시집을 갔다. 부잣집 맏며느리. 명색은 그랬다. 그러나 실상은 말 많고 탈 많은 후취자리였다. 까다롭기로 소문난 시부모에다 전처 자식이 셋이나 있었다. 게다가 결혼하지 않은 시누이. 시동생에, 집안일을 거드는 행랑아범까지 살펴야 할 식구들은 열이나 되었다. 단 하루도 바람 잘 날이 없었다. 배곯는 일만 면하면 원이 없을 줄 알았는데 속 곯는 일은 그보다 몇 곱절 더 고달픈 일이란 걸 알았다. 그녀는 수도 없이 보따리를 쌌다 풀었다 하면서 친정어머니를 원망했다.

손바닥만 한 마을에서 시집살이 고되다 푸념을 늘어놓았댔자 단박 시어머니 귀에 들어갈 게 뻔했다. 그녀 역시 그 후환을 감수할 만큼 배짱이 두둑하지는 못했다. 그랬다간 대뜸 홀어미 자식이라는 욕된 소리가 돌아올 것이요, 천하에 못된 새어머니로 낙인찍힐 판이었다. 이래저래 참다보니 쌓이는 화가 고스란히 병이 되어 갔다. 속 모르는 마을 사람들에겐 덕이 많은 여인이라는 칭찬을 받으며 여섯 자녀를 낳아 키웠다.

그렇게 칠십 평생을 살던 그녀가 어느 날 덜컥 정신을 놓고 말았다. 정신이 들락날락하더니 식구들조차 알아보지 못했다. 그뿐 아니었다. 자기 마음에 들지 않으면 다짜고짜 할퀴고 때리고 욕지거리를 퍼부었다. 사납게 변해버린 어머니의 모습 앞에서 자식들은 너무나 당혹스러웠다. 의사의 설명을 듣고서야 비로소 어머니의 한을 이해했다. 그러나 그녀가 거두었던 그 많은 식솔 중, 곁에 남아 있는 사람은 아무도 없었다.

'은혜요양원'의 이중 철문을 열고 안으로 들어선다. 친구가 어머니 이름을 대자 간수처럼 문 앞을 지키던 남자 간병인이 손가락으로 왼쪽에 있는 방을 가리킨다. 넓은 거실 중앙을 비워둔 채 사람들은 하나같이 벽에 기대어 있거나 구석에 웅크리고 있다. 수십 명의 사람들이 살고 있는 공간이라곤 믿을 수 없을 정도로 적막이 감돈다. 소리를 내는 것은 오직 텔레비전뿐이다. 거실을 중심으로 사방에 네 개의 병실이 있다. 방마다 문도 없고 턱도 없다. 안에서 일어나는 일들이 밖에서 훤히 들여다보인다.

병실 안에 있는 사람들은 대부분 거동이 불편한 중환자들이다. 남녀를 구별할 수 없는 커트 머리에 헐렁한 환자복, 더 이상 여윌 것 없이 가벼운 몸집. 한생을 떠받들던 육신이 그렇게 사그라지고 있다. 낯선 사람들의 출현에도 그들의 표정엔 변화가 없다. 마치 오래전부터 거기 놓인 정물처럼 흐린 눈동자엔 그 어떤 감정도 담겨 있지 않다.

손을 잡고 알은체를 하자 친구의 어머니는 물끄러미 나를 바라본다. 딸의 친구였지만 어머니처럼 잘해 주셨던 분이다. 그녀는 중얼거리듯 막내아들 이야기를 꺼낸다. 혼자 추수를 할 거라며 방금 소를 끌고 들에 나갔다는 것이다. 그 표정엔 애틋함이 짙게 서려 있다. 아직 결혼을 하지 못한 막내에 대한 의식만큼은 끝내 내려놓지 못한 모양이다. 나는 고개를 끄덕이며 그녀의 손을 어루만진다. 살아남기 위해 거의 모든 기억을 놓아버린 친구의 어머니. 자기 방어를 위한 막다른 선택이었을까. 그 눈의 깊이를 알 수 없는 적막 때문에 가슴이 아리다.

문득 무너진 건물의 잔해와 흙더미 속에서 보름 넘게 묻혀 있다가 살아남은 한 여자가 떠오른다. 그녀가 묻힌 곳은 빗금 공간(에스컬레이터와 벽면 사이의 삼각 공간)이었다. 몸을 움직일 수는 없었지만 압사를 당하는 결과만은 피할 수 있었다. 보름 가까이 그녀가 섭취한 거라곤 틈새로 고여 떨어지는 물방울이 전부였다. 구조작업을 하던 사람들에 의해 발견되었을 때 그녀는 겨우 숨만 붙어 있었다. 질병과 노쇠의 위협 속에서 신음하는 요양원 사람들의 모습이 압사현장의 고통스러운 상황과 다를 바 없다는 생각이 들었다.

무작정 따라 나오려는 친구의 어머니를 남자 간병인이 붙들어 세운다. 문을 닫고 돌아서려니 핑 눈물이 돈다. 그래, 살다 보면 아무리 가까운 사람도 곁을 떠날 때가 온다. 긴 어둠 속에 홀로 눈발을 맞고 서 있어야 할 때도 있다. 아니, 눈의 무게를 견디지 못해

가지가 부러지는 고통을 겪을 수도 있으리라. 그처럼 막다른 골목에서 죽을 수밖에 없다고 가위 눌릴 때 압사당하지 않으려면 숨을 고를 공간이 필요하다. 흔들리는 존재의 뿌리를 다독일 수 있는 자기만의 빗금 공간. 그렇구나. 친구의 어머니에게는 쌓인 한을 풀어낼 출구가 없었다는 걸 깨닫는다.

> 어느 사이에 나는/ … /살뜰한 부모며 동생들과도 멀리 떨어져서/ 그 어느 바람 세인 쓸쓸한 거리 끝을 헤매이었다./ … /내 가슴이 꽉 메어 올 적이며/내 눈에 뜨거운 것이 핑 괴일 적이며/또 내 스스로 화끈 낮이 붉도록 부끄러울 적이며 / 나는 내 슬픔과 어리석음에 눌리어 죽을 수밖에 없는 것을 느끼는 것이었다./ … /어느 먼 산 뒷옆에 바우섶에 따로 외로이 서서/어두워 오는데 하이야니 눈을 맞을, 그 마른 잎새에는쌀랑쌀랑 소리도 나며 눈을 맞을/그 드물다는 굳고 정한 갈매나무라는 나무를 생각하는 것이었다.
>
> — 백석의 시 〈남신의주 유동 박시봉방〉 중에서

살다 보면 의지대로 되지 않는 일이 태반이다. 그 가파른 삶의 굽이들을 넘으면서 누군들 숨을 고르고 싶지 않겠는가. 시인에게는 시가, "슬픔과 어리석음에 눌리어 죽을 수밖에 없는" 순간을 견디는 빗금공간이었으리라. 삶의 벼랑 끝에서도 "눈 맞고 선, 굳고 정한 갈매나무"를 떠올릴 수 있는 생존 의지. 그 옹골찬 힘을 얻을 수 있는 너의 빗금공간은 무엇이냐? 친구 어머니의 애섧은 생이 내게 던져주는 화두다.

片鱗

이 순간, 시간이 오로지 나를 중심으로 흐르는 것을 깨어 지켜보리라. 어둠이 모든 숨탄것들의 고단한 일상을 어떻게 다독이는지 바라보리라. 스쳐 가고 비껴간 인연들에 연연하며 시간을 낭비하지 않으리라.

spider

허공에 집을 짓는 녀석이 있다. 허공이어서 더 자유로운 녀석이 있다. 자유자재 전방위 비행이다. 녀석은 13층 아파트의 베란다 난간과 가파른 옹벽 사이에 아슬아슬하게 그물을 쳤다. 그곳은 자주 문이 여닫히면서 불빛이 새어나오는 곳, 파리나 모기, 나방 같은 곤충들이 들고나는 요로였다. 한여름 성수기가 되자 차고 넘치도록 먹이가 걸려들었다. 찬바람이 불면서 수효가 줄기는 했지만 끼니를 걱정할 정도는 아니었다. 고난도의 도전인 만큼 보상도 컸다. 녀석의 지략은 내 느린 계산법에도도 남는 장사였다. 녀석의 포식을 허용하는 대가로 나는 여름내 쾌적한 밤을 보냈다.

거미에게는 명당을 찾는 혜안이 없다. 그렇게 보이는 것은 순전히 발품 탓이다. 녀석의 놀라운 건축기술의 비결은 먹잇감을 찾기 위한 잦은 이동에서 터득한 것이다. 지상에 사는 일이 얼마나 척박했으면 13층 난간에다 집을 지었으랴. 바람막이 하나 없는 고공에서 가는 줄 하나에 매달려 버텨야 하는 삶이라니, 그 신세도 어지간히 고달프겠다. 그런데 저 녀석, 사람을 알아보는 혜안은 있었던 게다. 명당이란 것이 어디 먹잇감만 가지고 되는 일인가. 생사를 예측할 수 없는 장소라면 그 또한 명당은 아니리. 올해 저 거미, 전에 없는 풍요를 구가했다면 그건 십중팔구 집주인의 게으름을 한눈에 알아본 덕이다. 어릿어릿 창문을 열고 하늘을 바라보는 그 눈의 모질지 못한 기운을 눈치 빠르게 읽어낸 덕이다.

나를 꿈꾸게 하는 것들

곰소만

나는 늦은 오후 햇살을 등에 받으며 곰소만으로 갈 것이다. 염전에 지는 노을을 보면서 맨몸으로 흔들리는 억새처럼 바람 속에 있을 것이다. 감히 염전에 서늘히 누운 소금이 되기를 꿈꾸지 않으리라. 순백의 결정을 만들어가는 고난의 과정에 발을 디딜 용기가 내겐 없다. 오로지 짜고 쓴 맛이 되어 다른 것의 삶을 보존하는 저 살신의 덕을 담아내기엔 내 속이 너무 옹졸하다. 다만 곰소만의 노을에 젖어 고무래를 미는 염부의 땀방울에 경의를 표할 뿐. 어둠이 사위를 감싼 낯선 길에서 흐릿한 이정표를 따라가다 칠갑산 게장집에 멈출 것이다. 조금은 호사스런 저녁을 먹고 예민한 후각을 자극하지 않을 정도의 깨끗한 잠자리에서 밤을 맞으리라. 내일에 대한 염려는 하지 않을 것이다. 이 순간, 시간이 오로지 나를 중심으로 흐르는 것을 깨어 지켜보리라. 어둠이 모든 숨탄것들의 고단한 일상을 어떻게 다독이는지 바라보리라. 스쳐가고 비껴간 인연들에 연연하며 시간을 낭비하지 않으리라. 갱지로 된 두껍지 않은 노트와 한두 권의 좋아하는 책을 지닐 수 있다면 그것으로 족하리라.

질그릇

　망설임 없이 그릇가게의 문을 밀고 들어서리라. 각종 찻잔이며 화병들을 아주 찬찬히 둘러볼 것이다. 매끄럽고 선이 고운 것보다는 질박한 모양의 그릇들에 더 오래 눈길을 주리라. 작고 앙증맞은 것들과 크고 듬직한 것들 사이에서 나는 적지 않은 시간을 고민히리라. 투박한 질감으로 말을 걸어오는 그릇들의 두런거림에 귀를 기울이며 느린 걸음으로 가게 안을 서성일 것이다. 저마다 제 모양에 따른 쓰임을 생각하다 문득 정체를 알 수 없는 그릇 하나 떠올리리라. 대책 없이 닳아져 용도가 불분명한 마음 그릇을. '무엇에 쓰는 물건인고?' 오랫동안 지녔으되 제대로 쓰임을 가져본 적이 없으니 유구무언일 것이다. 주무르는 손길에 따라 모양이 만들어지는 이치에 깨어 있지 않았던 탓이리라. 마침내 나는 서로 눈이 맞은 화병을 가슴에 안을 것이다. 그 저녁, 내가 좋아하는 안개꽃을 화병에 꽂고 소박한 기쁨이 담긴 편지를 친구에게 쓰리라. 밤 깊도록 쓴 중년 여인의 낭만 편지는 부쳐지지 않은 채 서랍 안에서 긴 잠을 잘 것이다.

책

서점 입구에 들어서는 순간 나는 흥분으로 불규칙하게 뛰는 맥박을 느낄 것이다. 집착에 가까운 애정과 호기심 때문에 내 시력이 급격히 피곤해지는 것도 마다하지 않을 것이다. 계통 없는 잡식 독서지만 시집이나 비소설류 쪽에 긴 시간 발걸음을 멈출 것이다. 한동안 책과 사랑에 빠진 나는 그 속에서 길을 잃고 또 길을 찾을 것이다. 그것은 곤충의 더듬이처럼 세상을 향해 나아가는 이정표가 되기도 하리라. 무딘 감각을 흔들어 깨우는 진솔한 목소리에 밑줄을 긋고 내 가슴에도 밑줄을 그어 새겨 넣을 것이다. 그 절실하고 현란한 문자들의 유혹에 기꺼이 굴복하여 나는 양팔에 안을 만큼의 책을 살 것이다. 그 가운데는 글과 사랑에 빠져 몸살을 앓는 친구에게 부쳐줄 한두 권의 시집도 들어 있으리라. 마침내 나는 문자의 포만감으로 밤을 지새우고 새벽 단잠에 빠질 것이다.

두엄

날이 흐리고 습한 바람이 부는 날은 두엄 냄새가 더 심하게 난다. 시골로 이사를 온 지 세 해가 지났지만 여전히 적응하기가 쉽지 않다. 마을과 마을을 연결하는 농촌의 도로는 대부분 논과 밭을 끼고 있어서 어디를 가든지 두엄 냄새가 난다. 외양간 두엄은 마당한 귀퉁이에 모아둔 가축의 배설물에, 짚, 기타 농장 폐기물을 퇴적해서 발효 처리한 거름이다. 두엄은 봄에 밭갈이를 할 때 그리고 가을에 김장갈이를 하면서 두 차례 낸다. 실어다 놓은 두엄을 밭에 뿌리는 일은 일일이 손으로 해야 한다. 한두 차례 비가 내리면 흙과 거름이 섞이고 스미면서 비옥한 토양으로 바뀐다. 그렇게 거름을 먹고 자란 풋것들은 싱싱하고 오달지다. 그들에게 두엄은 단순한 동물의 배설물이 아니다. 살이 되고 피가 되는 먹을거리를 키워내는 고마운 존재인 것이다. 시골로 이사 오던 첫 해, 코를 쥐고 두엄 냄새를 괴로워할 때 이웃 어르신이 했던 말씀이 생각난다.

"똥 냄새가 구수해져야 인생을 안다고 할 수 있는 거여." 당황스러웠던 그 말씀의 뜻을 이젠 알 것 같다. 더럽다고 생각하는 오물이 인간의 이로움을 위해 작용하는 자연의 오묘한 이치와, 겸손하게 그것을 수용할 줄 아는 농부들의 지혜가 놀랍다. 그래, 천지만물 중에 어느 것인들 나와 상관없는 것이 있으랴. 알게 모르게 그 빚을 지고 살았구나. 그 덕에 목숨이 유지된다 싶으니 더럽고 추함의 분별은 사라지고 새삼 만물을 공경하는 마음이 우러난다. 지식은 결코 몸으로 터득한 진리를 앞서지 못한다는 것을 다시 한 번 깨닫는다.

손 병원에서

어느 날 손 병원에 갔습니다. 모처럼 일을 놓고 쉬는 손들을 만났습니다. 하나같이 손에 붕대를 친친 감고 있었습니다. 어떤 손은 전지를 당한 나무처럼 손가락이 들쑥날쑥하고, 어떤 손은 모조리 벌목을 당한 민둥산처럼 뭉텅했습니다. 롤에 휘말린 손, 프레스에 절단된 손, 쇳덩이에 짓뭉개진 손, 불에 덴 손……. 손이 겪었을 참혹한 순간이 헤아려져 몸서리가 쳐졌습니다. 주인에게 참회라도 하듯 손들은 종일 하늘을 향해 기립해 있었습니다. 국적을 알 수 없는 이주노동자와 눈이 마주쳤습니다. 배우같이 잘생긴 그 남자, 다행히 왼손에 붕대를 감고 있었습니다. 그 눈에 서린 짙은 어둠에 숨이 막혀 나도 모르게 고개를 돌리고 말았습니다. 부디 그 남자의 꿈만은 절단되지 않았기를 빌었습니다.

문득 아직 멀쩡한 내 손에 시선이 갔습니다. 길거나 짧거나 제각각 이름을 지닌 열 개의 온전한 손가락입니다. 때론 고운 손에 비교당하며 재주 있는 손에 차별을 당하기도 했습니다. 그러나 손은 불평 한 마디 없었습니다. 주인을 위해 더러운 것을 주무르기도 하고 넘어서는 안 될 경계의 빗장을 여는 일도 서슴지 않았습니다. 나는 그 모든 손의 수고를 당연히 여겼습니다. 생전처음 고맙다는 생각을 했습니다. 그 손이 거두어 살핀 덕에 이만큼 건강할 수 있다는 사실에 감사했습니다. 피를 보아야만 정신을 차리는 영구동토永久凍土의 내 심장을 반성한 날이었습니다.

내가 넘어지는 이유

내 무릎 주위엔 흉터가 많다. 걸핏하면 넘어져서 생긴 것이다. 딱지가 떨어지기도 전에 또 넘어져서 왕딱지를 달고 다닌 적도 있다. 모양도 크기도 가지각색이어서 길쭉한 것, 둥그스름한 것, 지도처럼 생긴 것도 있다. 여느 부위와 달리 그 곳은 실금도 없이 만질하다. 흉터마다 분명한 사연을 지니고 있어서 웬만큼 눈썰미가 있는 사람은 안다. 흉터의 부위와 크기와 모양에 따른 고통의 정도를. 어머니는 다리가 긴 탓이라고도 하고 한눈을 팔고 다니기 때문이라고도 하면서 걱정 반 꾸중 반이었다. 외손녀를 귀여워하시던 할머니는 다리에 기운이 없는 탓이라고 했다. 넘어지면 아픈 것보다 어머니 꾸중을 듣는 것이 더 걱정이었다. 그래도 나는 자랐고 어른이 되었다. 흔적은 화인처럼 남아 있지만 상처의 내력도 고통도 까맣게 잊었다.

어른이 되어서는 마음으로 넘어진다. 돌이켜 보건대 툭하면 넘어지던 저 어릴 때에 못지않다. 다리에 힘이 없어 넘어진다던 외할머니 말씀대로라면 마음이 넘어지는 이유는 매운 데가 없는 탓이다. 한눈을 팔아서 잘 넘어진다는 어머니 말씀도 틀리지 않은 것 같다. 시선에 다짐을 두지 않으면 눈도 마음도 빼어가는, 얼마나 혼란스러운 세상이냐. 이래저래 넘어져 생긴 헌 데를 돌아보니 빤한 구석이 없다. 세월이 약이란 말만 믿고 별다른 처방을 쓰지 않았다. 그래 그런지 마음에 생긴 상처는 하나같이 구멍이다. 시간이 흐를수록 시린 바람이 들랑거리는. 시행착오를 허락지 않는 세월은 곤두박질치고, 이젠 중증 골다공증 환자처럼 넘어지면 끝장이다. 안의 뼈대를 지키지 못하고 어찌 바깥의 몸을 세울 것인가. 무릇 지킬 만한 것보다 마음을 지킬 일이다.

동주염전

일제강점기 때 지어진 대부도 동주염전의 소금창고. 시퍼런 비닐이 건물 외벽을 온통 감싸고 있다. 그나마도 낡고 찢어져 바람에 너덜거린다. 값이 싼 중국 소금의 대량 수입으로 국내 소금산업은 사양길로 접어든 지 오래다. 염전의 현실이 점점 열악해지는 상황에서 창고의 개·보수는 꿈도 꾸지 못할 일이다. 서해안에만 해도 서른 개가 넘었던 염전은 이제 서너 개밖에 남지 않았다고 한다. 동주염전을 찾던 날, 염판은 소금 작업을 마치고 모두 비어 있었다. 염전에 비치는 노을을 담을 수 있으리란 기대는 물거품이 되었지만, 덕분에 아름다운 풍경 안쪽을 받치고 선 우리의 남루한 현실을 돌아볼 수 있었다. 어쩌면 저 소금창고는 우리의 적나라한 현재 모습일 수 있다는 생각을 했다. 부분적인 개·보수만으로는 치유가 불가능해 보이는 사회 곳곳의 병폐들이 내 안의 이기심, 모순과 맞물려 떠올랐다. 애써 외면하며 살고 싶었던 나의 자화상이라는 생각도 들었다. 그러나 소금창고는 낡은 몸체로 비바람을 견디면서 빛나는 소금의 결정結晶을 안에 품고 있었다. 소금의 짜고 쓴 맛은 쇠락해 가는 창고의 뼈대를 지키는 힘일지도 모른다. 나는 무엇으로 뜻을 세워 소금 같은 순백의 결정을 만들고 나를 지킬 수 있을 것인가?

애벌레의 꿈

　기생 차림의 여인들이 사뿐사뿐 무대 위로 걸어 나온다. 북이야, 장구야, 징이야. 흥겹게 풍악이 울려 퍼진다. 무희들은 요염하고 방자한 몸짓으로 박자를 맞춘다. 사람들은 한바탕 폭소와 함께 박수를 보낸다. 나는 무대 한편에서 혼자 흥에 겨워 또 다른 춤판을 벌이고 있는 촌부에게 정신이 팔려 있다. 홍시처럼 붉은 얼굴빛을 한 이순의 노인. 덩실덩실 비틀비틀 춤을 춘다. 감물 들인 손수건을 오른손에, 깃털이 빠진 부채를 왼손에 들고. 반쯤 빠져나온 윗옷 자락에 걷어올리다 만 잠방이가 장날 각설이 행색이다. 음악이 고조되면서 촌부의 몸짓에도 신명이 오르고, 몰아의 표정엔 희열의 미소가 어린다. 반쯤 벌어진 입, 슬며시 감은 눈, 내키는 대로 우쭐거리는 듯한 몸짓의 자유로움. 굽이굽이 삶의 신산한 고비를 지나온 자의 한과 허허로움이 녹아 있는 춤사위다. 한판 춤으로 생의 무거운 짐을 다 부려놓은 듯 촌부의 어깻짓이 바람처럼 가볍다. 마음에 뜨거운 소용돌이가 인다. 숨죽이고 있던 겨드랑이 가려움이 통증처럼 온몸으로 번져나간다. 한 번도 날개를 가져보지 못한 욕망의 반란이다. 온전한 변태變態에 이르지 못하고 고치 안에서 초로初老하는 애벌레. 울컥 눈물이 솟는다. 부질없는 것들을 끌어안고 아집 속에 무기수처럼 갇힌 자아여. 나는 얼마나 먼 길을 돌아 한 마리 나비처럼 저 노인이 건넌 강을 건널 것인가.

꼽추네 겨울

눈이 쳐 와 쌓이던 날, 이웃 마을 한 여인의 부음을 듣습니다. 그녀의 이름은 꼽추네입니다. 한 달 새 부쩍 살이 빠지고 퀭한 눈에 병색이 완연하더니 며칠 전부터 아예 곡기를 끊더랍니다. 사람들은 병원엘 가보라고 서둘렀지만 그녀는 들은 체도 하지 않았습니다. 세 때 끼니를 잇는 것도 팍팍한 처지에 병원치료는 꿈도 못 꿀 일이라며 완강했습니다. 손톱 끝이 뭉그러지도록 마늘을 까 모은 돈도 그나마 약값으로 모두 써버린 형편이었습니다. 병명을 알았댔자 심정만 괴로울 뿐이라며 알려고 하지 않았습니다. 한사코 고집을 부리며 집 문턱을 넘지 않던 그녀는 내리 사흘 피를 쏟다 끝내 숨을 거두고 말았습니다. 두 푼쯤 모자라는 남편은 언 땅에 아내를 묻다 넋을 잃었고, 구순의 시모는 그 아들을 바라보며 망연자실했습니다. 꼽추네의 유일한 피붙이 순미는 올해 열여섯입니다. 엄마 죽기 전날, 설거지 한번 시킨 일을 가지고 종일 투덜거린

일이 가슴 아파 훌쩍입니다. 얼마 전 들길을 헤매다 꼽추네로 흘러
들어온 강아지는 빈 그릇을 핥으며 딸그락거리고, 미처 따지 못한
감나무에선 홍시가 하나 둘 눈 속으로 떨어집니다. 뒷산 댓잎 스치
는 소리 눈발 속에 스산한데, 꼽추네 집엔 밤이 깊어도 불이 켜질
줄 모릅니다.

나무의 덕

토실토실한 밤을 반말이나 족히 되게 주웠습니다. 벌레 먹은 놈 하나 없이 튼실한 걸로만 골라 담았지요. 알밤은 가시밭에서 줍는 거라더니 떨어진 밤을 줍는 일도 쉽진 않았습니다. 자칫하면 날을 세운 밤송이에 손을 찔리기 십상입니다. 아무리 조심을 해도 줍다 보면 여러 번 가시에 찔립니다. 세상에 공짜는 없는 법이라지요. 잘 여문 것은 알밤만 쏙 빠져 나옵니다. 야멸치게도 제 어미 속을 차고 나온다 싶습니다. 사춘기 들어서며 밤송이에서 알 빠져나가 듯 곁을 떠난 새끼들 생각이 납니다. 사람이든 알밤이든 때가 되면 다 제 갈 길로 가는 것인지요. 그런데 어떤 것은 송이와 알밤이 끌어안은 채 같이 떨어집니다. 선선히 보내고 때에 알맞게 떠나는 일은 누구에게나 어려운 것인가 봅니다. 한참을 줍고 나니 밤나무 밑이 휑합니다. 밤나무로서는 참 허망한 일이겠다 싶습니다. 온 여름 내 가시 세워 가며 품어 키웠건만 남은 것은 쭉정이 밤뿐입니다.

그나마도 벌레에게 먹히고 말라비틀어진 밤 껍질만 남습니다. 꽃
도 향기도 고약하다 외면하더니 열매는 떨어지기가 무섭게 주워
갑니다. 기가 막힐 노릇이건만 밤나무는 속도 좋습니다. 가지를 잡
고 한번 흔들기만 해도 순하게 남은 밤을 떨어뜨려 줍니다. 가끔은
욕심 사나운 이의 머리를 한 번씩 쥐어박기도 하지만 말이지요. 주
워 온 밤을 짭짤한 소금물에 담갔다가 바람 잘 드나드는 곳에 널어
말렸습니다. 밑동이 푸릇하던 것들은 하루새 거뭇해졌습니다. 소
쿠리에 담아놓고 들여다보니 그렇게 흐뭇할 수가 없습니다. 들인
공이라곤 다리품뿐입니다. 먹을 입이 많지 않으니 가을 내내 먹을
수 있겠지요. 참 고마운 밤나무입니다. 난 준 것도 없이 받기만 했
습니다. 사람 덕이 나무 그늘만 못하다는 말의 의미를 다시 한 번
헤아립니다.

쥐똥나무

밤의 기운은 섬세하고, 어둠에 마음을 벼리는 밤은 길다. 습관처럼 두 팔을 머리에 괴고 눕는다. 생각 없이 천정의 물방울무늬를 세다 시선을 내려 편액에 멈춘다.

선정구심先正具心. 한동안 눈을 맞추다 보니 보이지 않던 흠이 보인다. '선' 자는 다른 세 자보다 도드라지게 커서 사내아이 셋을 거느린 엄마처럼 드세 보이고, '구' 자는 오른쪽 획이 왼쪽보다 굵어서 균형이 맞지 않는다. 마지막 '심' 자는 내 심사처럼 기우뚱 기울어 있다. '심' 자의 오른쪽 점 두 개는 영락없이 쥐똥 모양이다.

하필 쥐똥일까. 영 터무니없는 연상만은 아닌 것이 어제 쥐똥나무 새순을 보았기 때문이다. 막 알을 깨고 나온 병아리 부리 같은 순이 돋아 있었다. 초저녁부터 내리기 시작한 봄눈이 밤이 깊도록 멎지 않고, 일기예보에서는 꽃샘추위가 며칠 더 이어질 거라고 한다. 그 여린것이 잘 견뎌낼까. 성급하게 고개를 내밀었다가 일찌감치 세상살이의 쓴맛을 보는 꼴이다.

쥐똥나무는 도심의 공원이나 도로변의 산울타리로 많이 심는다. 매연과 소음 속에서도 건강하게 잘 자라기 때문이다. 유월이면 별 모양의 우윳빛 작은 꽃이 피는데 향이 진하다. 사람들은 향기를 좋아하면서도 정작 그 주인에 대해서는 관심이 없다. 이목을 끌 만큼 꽃이 화려하거나 훤칠하게 잘나지 않아서일까. 이름 따라 대접도 달라진다는데 하필 쥐똥나무라니.

쥐똥나무는 생장력이 강해서 봄이면 한 자가 넘게 자란다. 그러나 웃자란 가지는 네모반듯한 산울타리 모양을 만들기 위해 무참히 기계칼로 베어낸다. 잘려나간 가지들은 진한 풀냄새를 풍기며 서슬 푸르게 몸을 뻗치다 한참 만에야 숨을 죽인다.

한겨울 쥐똥나무는 뭉툭하게 잘린 가지들을 서로 기댄 채 맨몸으로 혹한을 견딘다. 그렇기에 죽은 듯 검은 가지에서 돋아나는 연초록 순을 보는 일은 눈부시다. 사람들의 무관심도, 한겨울의 혹한도, 비정한 가지치기도, 그들의 강인한 생명력을 꺾지는 못한다. 도로변에 심은 쥐똥나무는 평생 일정한 크기 이상 자라는 게 허용되지 않지만, 더욱 푸르고 강한 향기로 가혹한 운명에 저항한다.

오늘도 내 안의 선정구심은 허사인가. 마음자리 하나 반듯하게 지키는 일이 어찌 이리도 어려운가. 그러나 의지를 북돋워 키우는 것도 마음이고, 그 투지를 꺾어 주저앉히는 것도 마음이다. 백전백패나 다를 바 없이 해마다 가지치기를 당하는 쥐똥나무. 그럴수록 깊이 뿌리를 내리며 품을 늘려가는 그의 굴하지 않는 의지가 나를 격려한다.

내 시선이 다시 편액의 선정구심, 심心 자에 머문다. 마음속으로 심, 자의 오른쪽 두 개 점을 따라 쥐똥나무를 그린다. 줄기를 따라 기운차게 돋는 싹을 그려 넣고, 그 싹이 튼실하게 자라도록 얼기설기한 욕망의 잔가지를 쳐낸다. 마침내 푸서리 같은 마음 한복판에 한밤 폭설에도 얼어 죽지 않을 푸른 쥐똥나무가 완성된다. 이젠 고요히 내 속뜰에 꽃 한 송이 피어나기를 기다리는 일만 남은 것인가.

당신은 어떤가요?

하루의 일상을 글로 옮겨 놓고 보면 초등학생의 반성문 같은 경우가 종종 있습니다. 글은 자신을 비추는 거울 역할을 한다지요? 때론 심상이 맑고 투명하게 비치기도 하지만, 그 형태를 알아볼 수 없을 정도로 흐리고 탁할 때도 있습니다. 이것이다, 그렇게 갈 길이 분명히 보이는 글이길 바라지만 대부분 미치지 못합니다. 내 표현의 한계일 수도 있고 치열하지 못한 삶의 반영일 수도 있겠지요. 하지만 글에 비쳐지는 모순과 혼돈, 때 묻은 모습조차도 자신을 지키고 살아내기 위한 방편이었다고 변호하고 싶어집니다. 스스로 자신을 일으켜 세워야 한다는 본능적인 방어 같은 것일 테지요.

한 수학자가 있었습니다. 그는 평생 수학을 연구했고 나름대로 얻은 성과와 즐거움도 컸습니다. 하지만 세상은 그를 알아주지 않았습니다. 수학은 그의 삶의 중심이었고 다른 것에는 도무지 관심이 없었습니다. 어느 날, 세상 이치에 밝은 그의 친구가 찾아와 권합니다.

"자네는 왜 굳이 수학만 연구하길 고집하는가? 보다 폭 넓게 인간의 존재 이유와 인류의 미래 그리고 실용적 지혜에 대해 연구할 수도 있지 않은가? 자네 정도면 그에 따른 부와 명예도 적지 않을 텐데 말일세."

그리고 친구는 자기의 주장이 옳음을 뒷받침하기 위해 여러 가지 실례들을 한참 설명했습니다. 잠자코 듣고만 있던 수학자가 드디어 입을 열었습니다.

"자네, 제비꽃을 본 적이 있는가?"

"물론이지."

"제비꽃이 꽃 필 때 자기의 존재 이유라든지 인류의 미래를 꼭 알아야 할 필요가 있을까? 그래야 제비꽃이 행복하다고 생각하나? 제비꽃은 제비꽃으로서의 삶에 충실하면 되네."

친구는 대답하지 못했습니다.

도전도 해보지 않고 지레 한계를 정하여 포기하는 것은 태만의 죄일지도 모르겠습니다. 어떤 일을 실행하기 전에 먼저 내게 주어진 달란트를 계산합니다. 사람이란 모름지기 제 분수를 알아야 하니라, 어머니는 귀에 못이 박이도록 말씀하셨지요. 그 때문인지 내 위치와 한계에 합당하게 사는 일을 먼저 생각하게 됩니다. 제비꽃은 온전히 제비꽃으로서의 한 생을 살다 죽는데, 난 이런저런 틀에 자신을 꿰어 맞추려고 하다가 '나다움', '내 분수'가 무엇인지도 잊어버렸습니다. 제비꽃에도 미치지 못하는 삶을 살았다고 해야겠지요. 부끄럽지만 불혹이 넘은 나이에 아직도 모순과 혼돈 앞에 서 있음을 인정하지 않을 수 없습니다. 나다움 사람다움, 분명 한 방향을 가리키고 있는 것 같지만 그 둘 사이의 경계가 여전히 희미하기만 합니다. 나의 글쓰기가 그 '다움'을 찾아가는 순정한 여정이기를 바랍니다만, 아마 크게 달라지지 않은 모습으로 살아갈 듯싶습니다. 당신은 어떤가요?

風景

．．．．．．．．．．

아버지의 겨울 잠바를 사면서 어머니는 몇 푼의
돈을 깎기 위해 한참이나 실랑이를 벌였다. 모진
소리를 들어가며 물건값을 깎은 돈으로 어머니는
국광 사과 몇 알을 샀다. 그 저녁 사과를 베어 물며
나는 목이 메었다.

금곡리의 봄

도시의 봄은 희부연 황사와 함께 미적미적 왔다. 마당가의 목련은 부스스 먼지 속에 꽃봉오리를 내밀고, 나는 그 꽃이 반쯤 벙글어서야 어릿어릿 봄맞이를 했다. 봄의 걸음은 더뎠고 여름의 기척은 급했다. 도시에서 그렇게 스물몇 번의 봄을 보내고 나는 충남의 한 시골마을로 이사를 했다.

농촌에서 유년을 보낸 정서 때문인지 고향에 돌아온 듯 마음이 편안했다. 도시에서와는 달리 온몸으로 봄기운을 느낄 수 있었다. 삼월 초순이면 하나 둘 꽃들이 피기 시작해서 이내 산불처럼 들로 산으로 번져 갔다. 동면을 끝낸 들녘은 두엄을 내고 이랑을 고르는 기계 소리로 요란했다. 실내에서 텔레비전으로 맞던 도시의 봄과는 사뭇 느낌이 달랐다. 물리지 않는 흙냄새와 들꽃 향기 속에 숨을 고를 수 있는 호사를 누렸다.

시골로 이사 온 지 얼마 안 되어 남편은 내게 카메라를 선물했다.

앉으면 주절주절 들꽃 이름을 외는 걸 보고 마음에 두었던 모양이었다. 나름으론 적적한 시골 생활에 대한 배려였으리라. 덕분에 그 해는 온통 야생화에 마음을 빼앗겨 근처 산야를 헤집고 다녔다. 가까이에서 들여다본 들꽃의 세계는 저마다 아름답고, 개성이 넘치고, 억척스러웠다.

금곡리 들녘에 제일 먼저 피는 꽃은 쇠별꽃이었다. 어떤 녀석들은 철도 없이 이월 삭풍 속에 꽃을 피웠다. 언 땅에 뿌리를 내린 채 피는 꽃의 운명은 위태하다. 그 여린 꽃의 웃음 앞에 서면 메마른 마음 갈피에 물기가 어렸다. 무성한 잎과 줄기 사이에 다문다문 피는 연유로 밀회라는 꽃말을 얻었을까. 티끌인 듯 꽃인 듯 작아서 그것도 꽃이냐고 묻는 사람이 없지 않았다. 나는 말없이 꽃을 꺾어 눈앞에 바짝 갖다 대었다.

"으응, 꽃은 꽃이구먼. 자세히 보니 이 녀석도 밉지 않네."

논둑 밭둑이 청보랏빛으로 화사했다. 군락을 이루고 핀 큰개불알풀 덕분이었다. 하필이면 큰개불알풀일까? 제아무리 살펴봐도 닮은 구석은 없어 보였다. 몸을 낮추고 바라보아야 비로소 속내를 보여주는 작은 꽃. 실눈을 뜨고 바라보면 영락없는 초록 하늘 은하수였다.

이웃의 연세가 지긋하신 분과 길을 걷다가 이 녀석을 보고 불쑥 이름을 부른 적이 있었다. 그 분은 자기 귀를 의심한 듯 되물었다. 남자분인지라 우물쭈물했더니 옆에 있던 학생이 얼른 "큰개불알풀이래요." 하는 게 아닌가. 어르신은 미간을 찌푸리며 아무 말도 하지 않았다. 꽃 진 자리에 맺는 두 개의 열매가 개의 그것과 같다 하여 붙여진 이름임을 나중에야 알았다. 국가 표준 목록에 올라 있는 이름이니 민망한들 어쩌랴.

광대나물은 밭고랑의 빈 터에 또 다른 세상을 펼쳐놓고 있었다. 꽃빛이 곱고 모양이 특이해 눈길을 끌었다. 홍자색 꽃이 줄기 윗부분 잎겨드랑이에 돌려가며 피었다. 꽃은 기다란 원통형에 끝이 입술 모양으로 갈라졌다. 애초 이름을 지은 이는 꽃을 둘러싼 두 장의 잎이 광대의 옷깃 같다 하여 광대나물이라 불렀다지만, 내 보기엔 암만 해도 머리를 쳐들고 혀를 내민 꽃뱀의 형상에 가까웠다.

식물의 세계에서도 영역다툼은 치열했다. 풀꽃들은 웬만해선 자기 영역을 빼앗기는 일이 없었다. 줄기와 잎으로 땅을 휘감아가며 서서히 영역을 확장해 군락을 이뤘다. 힘을 합쳐야 살아남을 수 있다는 것을 아는 듯 무리를 짓고 있었다. 심지어 한겨울에도 하루 이틀 볕이 좋으면 꽃을 피웠다. 눈 속에 잎이 시퍼렇게 얼어 있으면서도 한나절 볕을 붙들고 끝내 숨줄을 놓지 않았다. 시간이 흐르면서 야생초들의 그런 성급함이 번식을 위한 고육지책임을 알았다. 더 크고 억센 풀들에 가려지면 그만큼 생장과 번식력이 약해지기 때문이었다. 곱기만 한 꽃의 삶에 그토록 혹독하고 치열한 싸움이 있다는 걸 미처 생각지 못했다.

얼었다 녹은 황토는 몸을 푼 여인처럼 푸석거리고, 헐거워진 흙 속으로 비와 바람이 들랑거렸다. 고슬고슬한 흙을 밀어 올리며 풀들이 돋아났다. 물오른 나뭇가지에는 연푸른 빛의 잎자루와 꽃봉

오리가 하루가 다르게 자라났다. 한 이틀 볕이 좋으면 활짝 꽃들이 필 것이다. 벌써 매화 소식이 잦아들고 산수유가 만발했다는 기별도 들었으니 봄도 한창 무르익은 것이리라.

꽃 피는 봄은 눈보라 속 언 땅을 맨몸으로 건너온 것들이 대지에 쓰는 시다. 색색의 꽃빛 속에 깃든 간절한 생의 의지가 나를 격려한다. 들꽃을 앞세워 환호하듯 오는 금곡리의 봄. 겨우내 웅크렸던 세포들이 활기차게 피돌기를 한다. 숨이 차오른다.

고수와 하수

가을볕이 좋아 길을 나선다. 발길 닿는 대로 무작정 걷다 인적이 드문 숲길로 접어든다.

'컹.' 갑자기 개 짖는 소리가 들려온다. 놀라 고개를 들어보니 저만치 개 한 마리가 나를 내려다보고 서 있다. 제법 다부진 몸집에 덩치도 만만치 않다. 아니, 산속에 웬 개지? 더럭 겁이 난다. '기선을 제압해야 해!' 눈에 힘을 주고 녀석을 바라본다. 녀석도 이리저리 눈알을 굴리면서 탐색전을 편다. 절 해코지할 사람으로 보이진 않는지 표정이 순하게 누그러진다.

한시도 녀석에게서 시선을 떼지 않는다. 언제 돌변하여 날카로운 이빨을 드러내고 달려들지 모른다는 생각이 들어서다. 나는 여태껏 싸움에서 이겨본 적이 없다. 지레 겁을 먹고 백기를 들기 때문이다. 더구나 여긴 외진 산속이다. 죽기살기로 응수한다고 해도 승산은 예측하기 어렵다.

녀석은 곁눈질을 하며 몇 걸음 나를 앞서간다. 끝까지 가 보자는 속셈인가? 가슴이 조마거린다. 돌아 내려가고 싶은 마음이 굴뚝같건만 뒤에서 달려들까 봐 등을 돌리지 못한다. 두려움을 몰아내기 위해 큰소리로 말을 건넨다. "너 어쩌다 이 산속에까지 들어오게 된 거냐? 집을 나온 거냐?" 녀석은 알아들은 것처럼 빤히 나를 쳐다본다. '집 나와 산을 헤매고 다니는 건 당신도 마찬가지 아뇨?' 라고 대꾸라도 하는 것 같다.

전전긍긍하며 등성이 하나를 넘어서자 파란 슬레이트집이 눈에 들어온다. 이 깊은 산속에 집이 있었다니, 구원병이라도 만난 듯 반갑다. 집 뒤로는 억새가 우거지고 묵은 감나무엔 가지 휘어지게 홍시가 달려 있다. 올망졸망한 돌멩이로 쌓은 담장 가엔 무더기로 국화가 피어 있고, 산을 일궈 만든 밭엔 쪽파와 시금치가 새파랗다. 대문이 반쯤 열려 있는 걸 보면 집 안에 사람이 있는지도 모른다. 일단 개와 둘이 대결하는 상황만은 피해야 한다는 생각에 집 쪽으로 발걸음을 돌린다.

녀석은 집 앞에 이르자 한결 걸음이 느긋해진다. 내가 집 쪽으로 방향을 틀자 아예 길을 막아선다. 녀석은 혹시 이 집의 파수꾼? 나는 둘러멘 가방을 내려 몸 앞쪽을 가린다. 과격한 동작이 상대를 자극하지 않도록 행동을 최대한 조심한다. 짐짓 모르는 체 안으로 들어가려는 순간 녀석이 가방의 모서리를 덥석 문다.

후끈 등줄기에 식은땀이 흐른다. 전진이냐 퇴각이냐, 궁리에 궁리를 거듭한다. 녀석의 눈빛은 낯선 사람을 결코 제 영역에 들어놓지 않겠다는 듯 단호하다. 고집을 부렸다간 무슨 변을 당할지도 모른다. 나는 몸을 돌리는 시늉을 하면서 가방을 살짝 흔든다. 그제야 물었던 가방을 슬그머니 놓는다. 후들거리는 다리로 한 걸음 물러선다. 녀석은 그 자리에 우뚝 버티고 선 채 흘끔거리는 나를 지켜보고 있다.

결국 녀석은 점잖게 낯선 침입자로부터 자기 영역을 지켜낸 셈이다. 목소리 크게 안 내고 기운 한번 쓴 일 없이 그야말로 완승을 거둔 것이다. 처음 기침소리도 자신의 존재를 알리려는 기척일 뿐 위협의 기운은 담겨 있지 않았었다. 가방을 물었을 때도 적당히 시늉만 함으로써 상대가 불쾌하지 않을 정도로 자신의 의사를 전달하지 않았던가. 의뭉스럽기 짝이 없는 녀석이다.

나는 겉으로는 부드러운 미소를 지어 보이면서도 속으론 녀석의 신분에 대해 온갖 억측을 부풀렸었다. '들개인지도 모른다, 아니, 미친 개인지도 몰라. 저 순한 표정 뒤엔 분명 날카로운 이빨을 감추고 있을 거야.' 동시에 공격용 막대기를 찾아 두리번거렸고, 끊임없이 도망칠 방법을 궁리하며 식은땀을 흘렸었다. 결국 지레짐작으로 상대의 동기를 곡해하고 마음에 가시를 세우다 찔린 것은 나 자신이었다. 그래, 진정한 고수란 한쪽의 승리가 아니라 상생에 초점을 맞춘 관용의 처세구나. 녀석에게 제대로 한 수 배운 셈이었다.

해도 녀석 때문에 그 길 끝까지 못 가본 것은 못내 서운하다. 애초 정한 바 없이 나선 길이었으니 아쉬울 것도 없으련만 그새 마음을 두었던가. 돌아서서 연연하는 것 또한 어쩔 수 없는 하수의 모습일 터. 녀석 덕에 자신의 하수적 근성을 들여다볼 기회가 되었으니 그로써 족할 일이다. 다시 걷는 걸음이 가뿐하다.

장날

신평리엔 오일마다 장이 선다. 장이라고 해야 도시 변두리의 마트만 한 규모다. 그나마 눈이 오는 날은 공치는 날이다. 손님들 대부분은 이웃 마을의 노인들이다. 그들은 염병만큼이나 눈을 무서워한다. 오늘 같은 눈석임길에 나섰다가 미끄러지는 날엔 온 겨울 고생을 해야 하기 때문이다.

장작불 하나 피우지 않은 장터를 칠순 넘은 할머니들이 지키고 있다. 제아무리 껴입고 둘러써도 1월의 삭풍을 종일 견디는 일은 녹록지 않다. 겨우내 얼고 녹은 노인들의 얼굴이 냉동고등어 등짝처럼 푸르죽죽하다.

"이제 그만 쉬셔야 할 텐데요."

난장에 생선을 늘어놓고 파는 할머니 앞에서 나도 모르게 튀어나온 말이다.

"숨이 붙어 있는 동안은 움직여야 혀. 안 그럼 구들장 신세밖에 더 지겄남? 자식덜 욕멕이는 거 같아 미안허지만서두, 건강해서 일할 수 있다는 게 월매나 고마운 일이여."

그저 해보는 말이 아닌 것 같다. 칠순은 진작 넘었을 성싶은데 눈빛에 활기가 있다. 깊은 겹주름 위로 눈꽃이 내려앉는다.

장이라고 해야 잡곡과 시래기 삶은 것, 기른 콩나물과 야채 몇 가지, 동태, 고등어, 짚으로 엮은 조기 몇 두름 그리고 두터운 솜바지나 털조끼, 버선 등 주로 노인들이 입을 만한 옷가지를 파는 노점 정도다. 종일 해가 들지 않는 골목 장터. 거친 목판 위에 놓인 동태가 칼이 들어가지 않을 정도로 얼어 있다. 해가 기울도록 물건들은 줄지 않고, 속도 없이 퍼붓는 눈발에 노인들 수심만 깊어간다.

흑백사진 같은 장터 풍경 너머로 삼십을 갓 넘긴 여인의 얼굴이 떠오른다. 젊었을 적 내 어머니의 모습이다.

장날이면 어머니는 뒷간 옆의 부추를 베어다 팔았다. 부추는 내 검정 운동화나 병치레 잦았던 남동생의 군것질거리가 되어 돌아왔다. 당신 몸의 절반이나 됨직한 열무보따리를 이고 시오릿길을 걸어 장에 가신 어느 날, 어머니는 늦도록 돌아오지 않았다. 철없는 삼남매는 삼색사탕을 기다리며 대문을 들락거렸다. 날이 어둑어둑해져서야 어머니는 막내동생만 한 항아리를 머리에 이고 돌아오셨다. 그 항아리 안에는 작은 항아리 하나가 더 들어 있었다. 그날 다섯 식구는 오랜만에 비린 것으로 늦은 저녁을 먹었다.

자반고등어 한 손을 산다. 더 이상 예전의 맛은 느낄 수 없지만 먹을 때마다 아련하게 떠오르는 장날 추억이 좋아서다. 어머니 장에 다녀오신 날, 비린 생선 한 토막을 놓고 살뜰하게 정을 나누던 그 저녁이 그립다. 이제 노모는 더 이상 항아리 짐을 일 수 없다. 그 머리엔 항아리 무게만큼 버거웠던 삶이 백발로 내려앉아 있다.

　한 노인이 눈을 털며 장터 안으로 들어선다.
　"별일 읎쥬?"
　"맨 그려. 지낼 만햐. 모처럼 장에 나왔네그랴. 이 눈구덩에 워째 나왔담?"
　"영감 경운기 타고 왔슈. 모레가 시엄니 지사여유."
　"잉. 그려어? 어여 춘데 장 봐갖구 들어가. 길 조심허구."
　"눈은 어쩌자구 이리 퍼붓는대유. 그나저나 고생허셔유."
　장날은 모처럼 멀리 사는 이웃의 안부를 확인할 수 있는 좋은 기회다. 하루가 다르게 쇠하여지는 노인들에겐 한 주 안부가 새롭다.
　장은 어둠이 내리기 전에 걷히기 시작한다. 먼 마을로 들어가는 막차를 놓치지 않으려면 서둘러야 하기 때문이다.
　겨울나무 같은 신평 장터 노인들. 눈발 속에 식은 국밥을 넘기면서도 삶은 뜨겁게 흘러간다. 그 온기가 저 깊은 곳 생의 뿌리를 적시며 모진 겨울을 살아남게 하는 것이리라. 삶이란 생각이 아니라 몸으로 길을 내는 것. 죽은 듯 기척 없던 내 안의 생기를 추슬러 눈길 위에 세운다. 텅 빈 장터 좌판 위에 함박눈이 쌓이고 있다. 밤새 눈이 내릴 모양이다.

나는 개념 없는 사람입니다

"나는 개념 없는 사람입니다."

한 남자가 삐뚤삐뚤하게 쓴 메모를 안고 전철 의자에 잠들어 있다. 술 냄새를 풀풀 날리며 코를 드르렁거리는 중년의 남자. 사람들은 눈살을 찌푸리다 메모를 보고 웃는다. 보아란 듯 써놓은 투가 뻔뻔스럽지만 솔직함에 용서를 해주는 것일까. 돌려말하자면 '배째라'쯤 될 텐데 몸 개그처럼 웃긴다.

저 남자, 실직이라도 한 것일까. 보아하니 식구들에 대한 책임과 짐을 내려놓을 나이도 아닐 듯싶다. 차마 가족에겐 알리지도 못하고 몇 달째 노숙을 하며 방황 중인지도 모른다. 술에 기대지 않으면 목숨 부지하면서 버틸 수 있는 의지마저 상실했을 테고, 살고자 하는 욕구는커녕 생각 없이 되는 대로 지내보자고 비겁한 용기를 냈을 것이다.

마음먹기 따라 전철은 가장 저렴한 비용으로 안락하게 잠잘 수

있는 공간이다. 전철 표 한 장을 사면, 그 '착한' 가격으로 여관방에
들어간 거와 마찬가지일 테니까. 남자는 그깟 남들 이목이나 몰상
식 개념 따위는 한숨 잠과 바꿀 수 있다고 능청맞은 자포자기를 한
것일 수도 있다.

방금 전철에 오른 남자 둘이 말을 주고받는다. "정말 개념 없는
사람이네. 나도 나이 먹어 저리 될까 걱정이야." 혀를 차며 개념 없
는 남자를 비웃는 두 사람. 속으론 자신들의 앞날을 걱정하며 가슴
을 쓸어내리지 않았을까. 사내 앞에선 바바리코트를 입은 신사가
주변 상황에 아랑곳없이 신문 속의 퀴즈 퍼즐을 맞추느라 분주하
다. 바로 옆자리에선 젊은 연인이 거리낌 없이 애정 표현을 주고받
는다. 살이 부딪칠 만한 거리에 있으면서도 그들은 각각 다른 풍경
을 가진 섬 같다.

다음 정거장에서 어린아이 손을 잡은 여인이 탄다. 옆에 앉은 두
학생은 힐끗 쳐다만 보고 일어설 기미를 보이지 않는다. 나는 망설
인다. 자리에 미련이 있어서가 아니다. 혼자 착한 척 드러나 보이
는 것을 원치 않아서다. 길게 고민할수록 말할 기회를 놓치기 쉽
다. 나는 아이엄마 옷섶을 툭 치며, 멀리 가느냐고 묻는다. 아이엄
마는 다음 역에서 내린다며 무표정이다. 가만 있는 게 더 좋을 뻔
했다. 그러다 그녀도 나처럼 드러내고 고마움을 표현하는 일이 서
툴러서 그랬을 것이라 짐작한다. 어쩌면 자리 하나 양보하는 일을
놓고 생색을 내는 내가 더 무례한 것일 게다.

여자가 내리고 남루한 차림의 남자가 한쪽 다리를 절뚝거리며

전철에 오른다. 그는 어눌하게 죄송하단 말과 함께 쪽지를 돌린다. 내용이 구구절절 심금을 울린다. 부부가 장애인이란다. 나는 또 고민하기 시작한다. 이번에도 나의 고민은 혼자 착해 보이는 것에 대한 부끄러움이다. 아무도 그 남자의 바구니에 돈을 넣을 것 같지 않다. 사실 한푼의 동정이 남자에게 무슨 도움이 될 것인가. 나는 남자가 전철 안을 한 바퀴 돌아오는 동안 결정해야 한다고 끙끙 대다 마침내 천원을 건네준다. 남자는 아이엄마보다 더 무표정한 얼굴로 돈과 쪽지를 거두어간다. 나는 다시 무안해진다. 그러나 이번엔 자책하지 않는다. 그리고 남자에 대한 어떤 판단도 하지 않는다. 모두 내 마음 편하자고 한 행동이었으므로.

맞은편 유리창에 그리 낯설지 않은 여자의 모습이 비친다. 양손을 가지런히 무릎 위에 얹고, 두 다리는 적당한 간격으로 붙여 비스듬히 기울인 자세다. 초승달처럼 처진 눈 꼬리 때문에 빈틈을 허락지 않을 것 같은 인상이다. 맞은편 사내와는 정반대로, 성격이 까칠해서 사사건건 타박을 부릴 것 같은 여자, 그녀도 관계의 바다에서 저 홀로 흘러 다니는 섬처럼 외로워 보인다. 물끄러미 건네는 시선에 쓸쓸함이 배어 있다. 전철 안 사람들과 딱히 다르게 보이지 않는 나. 나에게 가벼운 인사라도 해서 나를 위로해 볼까?

전철 안은 마치 저마다 팬터마임을 연기하는 무명배우들의 무대 같다. 관객과 배우들이 따로 없는 객석이자 무대인 공간. 전철 안은 사소해 보이지만 결코 간과할 수 없는 우리의 일상을 거울처럼 비춰준다. 그들의 모습은 스스로는 볼 수 없는 또 다른 나일 수 있다. 그래, 우리는 모두 누군가의 풍경이 되는 섬이기도 하다.

 '당신은 개념이 없다지만, 그래도 나는 개념 하나쯤 달고 살겠어요. 그게 뭐냐고요? 타인이 나를 바라보는 눈이 아니라 내가 나를 바라보는 거울 같은 마음의 개념 말이에요.' 내가 자리에서 일어설 때까지 개념 없이 잠만 퍼더버리고 자는 사내에게 내가 해줄 수 있는 말이라곤 그것밖에 없을 것 같아 전철 안에 슬며시 놓고 내린다. 섬이 섬에게 해주는 착한 이야기로 받아주길 바라며.

그 집

‘그 집’은 들 한가운데 외따로 있습니다. 파란 슬레이트 지붕에 흙벽을 한 집이지요. 그 곳엔 한잔 술에 얼굴이 붉어지는 말수 적은 할아버지가 혼자 삽니다. 텃밭엔 자주 감자꽃이 한창이고, 울 밑엔 봄여름 내 삼색제비꽃이 피고 지지요. 마당엔 감꽃이 떨어져 뒹굴고 늙은 감나무 옆엔 철늦은 딸기가 발그레 익어갑니다.

어릴 적 살던 내 고향집도 밭 한가운데 있었지요. 사람들은 날더러 ‘밭가운데집 딸’이라고 불렀습니다. 그저 부르기 편하게 지은 이름일 테지만 왠지 듣기가 싫었습니다. 어린 마음에도 외딴집에 산다는 것이 좀 쓸쓸하게 여겨졌던 걸까요? ‘그 집’처럼 우리 집도 파란 슬레이트 지붕에 주홍색 용마루를 두른 아담한 집이었지요.

말끔하게 비질한 ‘그 집’ 안마당엔 덩그러니 검정고무신 한 켤레 놓여 있습니다. 밭에서 묻어온 붉은 흙이 뒤꿈치에 그대로 남아 있습니다. 순하디 순한 눈빛을 가진 개가 속도 없이 낯선 이에게 꼬리를 흔드네요.

작은 방 옆으로 내어 단 툇마루엔 초여름 햇살이 반쯤 걸쳐 있습니다. 스르르 방문이 열리고, 세월만큼 골 깊은 주름을 가진 할아버지가 얼굴을 내밉니다. 그 눈빛이 하도 천연스러워 오래 알고 지낸 사이 같습니다.

"안마당이 환해서 참 좋네요."

뜬금없이 던지는 내 말에 주인은 빙그레 웃습니다.

"저 건너 아파트에 살아요. 그냥 한 번 와보고 싶었어요."

"게 앉으슈."

"고맙습니다. 잠시 앉았다 갈게요."

툇마루에 걸터앉습니다. 안주인을 잃은 마루 결이 윤기 없이 까칠하지만 여전히 사람의 손때가 묻어납니다. 집도 주인 따라 늙어 가는 걸까요? 바래고 금이 간 마루 틈바구니마다 세월의 더께가 내려앉아 있습니다. 어쩌면 저 어르신보다 더 오래 이 자릴 지키고 있었는지도 모르지요.

엉덩이에 전해지는 온기 탓인지 스르르 눈이 감겨옵니다. 꿈결처럼, 입안이 새카맣도록 까마중을 따 먹다 툇마루에 앉아 졸던 일이 떠오르네요. 제법 넓었던 대청마루. 꾀가 날 때면 두 살 터울이던 동생과 가위바위보로 마루닦기 내기를 하기도 했지요. 이젠 알 것 같습니다. 온 식구가 둘러앉아 감자를 먹던 마루가 단지 집안의 한 공간이 아니라 나의 속사람과 그리움을 키워낸 따뜻한 토양이었다는 것을.

벽면엔 흑백사진이 걸려 있습니다. 쪽찐 머리에 흰 한복을 정갈하게 차려 입은 할머니의 영정 사진입니다. 할아버지의 눈길에 닿아지기라도 한 양 허옇게 색이 바래 있습니다. 순박하고 무심하긴 사진 속의 할머니도 할아버지 못지않은 것 같습니다. 오래도록 마주보고 치대다 보면 오누이처럼 닮아간다지요.

문득 사람의 한생이 저렇듯 한 장의 사진으로 남는다는 사실이 허망해집니다. 단발머리에 포플린 멜빵 치마를 입고 차렷 자세로 찍은 내 사진이 걸려 있던 옛집. 중년의 아낙이 된 사진 속 아이에게도 세월이 속절없기는 마찬가지일 테지요.

열린 쪽문으로 바람이 불어옵니다. 명주처럼 결이 고운 바람입니다. 해 그림자가 툇마루를 지나 지붕을 넘어가네요. 무심하게 먼 들을 내다보던 할아버지가 빗자루를 들고 나섭니다. 떨어진 감꽃을 한 옆으로 얌전히 쓸어 모읍니다. 너부죽 엎드렸던 개가 연방 꼬리를 흔들며 할아버지 주위를 맴돕니다.

"거참, 나부대긴."

주름진 얼굴에 웃음이 번집니다. 이번에는 개가 아예 할아버지 품으로 파고듭니다. 어이어이, 하면서도 할아버지는 물리치지 않고 등을 쓸어줍니다. 서로 바라보는 눈빛이 애틋합니다. 측은지심으로 의지하고 살아온 세월이 긴 듯싶었어요.

"잘 쉬어 갑니다. 건강하세요."

"잘 가슈."

아무것도 묻지 않는 할아버지가 고맙습니다. 지금은 사라지고 없는 고향의 외딴집이 그리웠노라고 하면 너무 싱거운 대답이 될까요. 엷어진 햇살은 산등성이에서 바장대고, 나는 하루가 다르게 모포기가 품을 늘려가는 두렁길을 지나 집으로 돌아옵니다. 고향 툇마루에 내리던 햇살 같은 온기 가슴에 번져오는 저녁입니다.

차부 슈퍼

여인은 연거푸 하품을 해대며 버스표에 도장을 찍었다. 눈이 게슴츠레하니 반쯤 감겨 있었다. 나는 차표를 끊고 받은 거스름돈을 가방에 챙겨 넣으며 말을 건넸다.

"어제 늦게까지 일하셨나 봐요?"

여인은 마른세수라도 하듯 푸석한 얼굴을 문지르며 무뚝뚝하게 대구를 했다.

"평생 이렇게 살았는디유뭐."

내가 차부슈퍼를 처음 찾게 된 것은 시부모님께 인사를 드리기 위해 당진에 내려왔을 때였다. 울퉁불퉁한 비포장도로를 삼십 분쯤 달려 도착한 시골의 간이 정류장, 그곳이 바로 차부슈퍼였다. 차부슈퍼의 모습은 그때와 별반 달라진 것이 없었다. 눈에 띄게 변한 것이라면 여인이 이십대 후반에서 거반 오십의 중년이 되었다는 사실이었다. 가끔은 아이나 남편이 모습을 보일 때도 있지만,

대개는 여인이 차표를 팔았다.

가게 안은 예닐곱 평이나 될까 싶게 좁았다. 좌판에는 종합선물 세트며, 껌, 색색이사탕 등 잡동사니가 빼곡했다. 눈길이 마주 닿는 곳에 새시대표 오징어포가 대못에 몸통과 다리가 분리된 채 걸려 있었다. 그 아래 어지럽게 쌓인 과자더미 속에서 뽀빠이과자가 시선을 끌었다. 초등학교 시절, 싼 값에 별사탕까지 덤으로 먹을 수 있었던 추억의 과자다. 한쪽 구석엔 오래되어 빛이 바랜 음료수 상자가 포갬포갬 쌓여 있었다.

마침 텔레비전에서 올림픽 축구 본선에 관한 뉴스가 흘러나왔다. "지믄 워칙헌댜. 꼭 이겨야 할 텐디유⋯." 여인이 처음으로 나와 눈을 맞추었다. 아까와는 달리 눈빛에 힘이 실려 있었다.

이때 중년이 훌쩍 넘어 보이는 여인이 헐레벌떡 차부 안으로 들어오더니, "인천 가는 차 떠났슈?" 하고 물었다. 주인은 "오늘 그 버스가 검사를 받는다네유. 그라니까 다음 차는 못 온대유. 그 차 탈라믄 뒤시간 넘게 지둘려야 해유."라고 대답했다. 여인은 지르퉁한 낯빛으로 풀썩 소리를 내며 나무의자에 앉았다.

사정이 딱해 보여 나는 부천 가는 차를 타고 인천으로 가면 된다고 묻지도 않은 말을 일러주었다. 그러자 여인은 차라리 늦더라도 바로 인천 가는 버스를 타겠다고 했다. 나는 다시 그쪽 지리는 훤하니 내 말을 듣는 것이 훨씬 나을 거라고 목소리에 힘을 주었다. 여인은 양 볼을 씰룩이며 자기는 인천에서 십사 년을 살았기 때문에 거기 사정은 손바닥 들여다보듯 훤하다고 언성을 높였다. 나는 그만 머쓱해져서 입을 다물었다.

어색함을 얼버무리느라고 차부 여인에게 수원 가는 버스가 서수원역에도 서느냐고 물었다. 그녀는 텔레비전에서 눈도 떼지 않은 채 무조건 종점에서 내리면 된다고 막대기 분지르듯 잘라 말했다. 재차 묻기가 민망하여 공연히 핸드폰을 열었다 닫았다. 하기야 종일 들랑거리는 사람들에게 일일이 말대꾸를 해 주려니 귀찮기도 할 것이다. 여인은 아이스크림 통에 넣어두었던 냉커피를 벌컥벌컥 들이켜며 눈두덩을 문질렀다. 무뚝뚝하긴 해도 여린 구석이 내비치는 눈이었다.

차부슈퍼는 여섯 식구의 생계를 해결하는 소중한 일터였다. 여인은 차부에 딸린 두 칸 방에서 병약한 남편에 시어머니를 모시고 세 딸을 낳아 키우며 억척스럽게 살았다고 했다. 방문에 쳐 놓은 발 사이로 그다지 넉넉지 않은 살림살이가 들여다보였다. 첫 차가 떠나는 시간에 문을 열어 막차가 끊어질 때까지 국으로 자리를 지키고 있어야 하는 일은 결코 녹록지 않을 것이다. 여인이 늘 푸석거리는 얼굴로 하품을 물고 사는 것도 무리는 아니었다.

슈퍼 오른쪽 벽에 버스 시간표가 쓰인 흑판이 걸려 있었다. 어떤 것은 글자 귀퉁이가 지워져 제대로 알아보기가 어려웠다. 그저 쓴 사람 마음대로 대충 알아보게 쓴 것 같은 글씨였다. '수원행 당진에서 매 오십 분 출발'이라고 쓰인 안내 글을 겨우 더듬어 찾아냈다. 아직 십 분 정도 여유가 있었다.

하나둘 사람들이 차부로 모여들었다. 그들은 차부 밖에 놓인 나무의자에 앉거나 선 채 차를 기다렸다. 함께 있지만 저마다 혼자였다. 서울 가는 버스가 오고 두 사람이 올라탔다. 낯선 한 사람이 그 빈자리를 채우고 앉았다. 그렇게 사람들은 차부슈퍼에 잠시 모였다가 자취 없이 떠났다. 옆에 앉은 여인은 소리 내어 껌을 씹으며 혼잣말로 늦어지는 버스를 투덜거렸다. 이런 일상의 무심한 풍경들이 모여 우리의 삶을 이루는가 싶었다.

스치는 표정 속에서도 떠남의 비감함과 고단한 일상이 풍경처럼 잔잔하게 펼쳐지는 차부슈퍼. 누군가는 첫 차를 타고 고향을 등지고, 또 누군가에게는 쓸쓸한 귀향길의 종점이 되기도 했을 그 곳. 한 여인의 평생 애환이 고스란히 녹아 있는 곳. 수많은 사연을 품었음직한 그 세월을 여인은 마을 어귀 느티나무처럼 꿋꿋하게 지키고 있었다.

이때 나의 상념을 일깨우기라도 하듯 차부 여인의 목쉰 말소리가 들려왔다.

"수원행 왔슈!"

새벽강

낯선 여행지에서의 일탈은 별식처럼 달다. 전주에 사는 선생들의 안내를 받으며 도착한 곳은 낡고 허름한 건물 이층에 있는 호프집이다. 눈에 띄는 번듯한 간판 하나 없다. 건물 유리창에 빨간 글씨로 '새벽강'이라고 쓰여 있을 뿐이다. 그나마 어떤 글자는 한쪽 귀퉁이가 지워져 초라한 느낌이다. 실내로 연결된 셔터 문에는 철사를 꼬아 만든 손잡이가 달려 있고, 한쪽이 내려앉은 문은 요란한 소리를 내면서 힘겹게 닫힌다.

침침하고 비좁은 실내로 들어서자 청국장 냄새가 훅 끼치고, 주인보다 먼저 정서용의 〈목포의 눈물〉이 손님맞이를 한다. 그녀의 노래는 흐느적거리는 음색으로 순식간에 사람들을 자기 안으로 끌어들인다. 마주 바라보이는 벽면에는 고개를 외로 꼰 남자의 자화상이 걸려 있고, 격자무늬 창가엔 낡아서 바스라질 것 같은 책 몇 권과 매화꽃 꽂힌 오지항아리가 나란히 놓여 있다. 호프집이라기보다 막걸리를 파는 선술집 분위기다. 온기라곤 없는 실내, 통나무 의자에 놓인 낡은 방석에선 사람에 치대이고 닳아진 시간의 흔적 이 보인다. 가난한 문인들이나 화가들이 즐겨 찾는 술집이란 소문 에 걸맞은 풍경이다.

술이 몇 순배 돌고, 행사 뒷이야기로 가벼운 정담이 오간다. 해 마다 열리는 문학행사지만 솜병아리 같은 내겐 늘 새롭다. 새로 맞 이하는 반가운 얼굴들과 후덕한 나무그늘 같은 오래된 얼굴들 사 이에서 내 선 자리를 가늠해보는 기회이기도 하다. 글쓰기에 대한 묵은 고민과 변화를 향한 끊임없는 시도를 보면서 문학 또한 살아 남기 위한 경쟁에서 자유롭지 않다는 걸 느낀다.

정서영의 끈적끈적한 노래 사이로 문인들의 진지한 대화가 흘러 든다.

"많은 작가들이 세상을 초월한 듯 글을 쓰지만 사실 행간을 싸고 있는 본질은 혼돈이고 어둠이라는 걸 알 수 있어요."

"세상에 완전한 것은 없다고 생각해요. 거기에 가깝다고 판단되 는 것을 찾아 취할 뿐이죠. 내 경우, 그런 혼란 속의 모색이 삶이 고, 그것을 정리하고 버리는 것이 글쓰기가 아닐까 싶어요."

혼돈과 어둠이란 말이 묵직하게 가슴을 짓누른다. 가라앉아 있 던 내 안의 어둠이 부유하듯 수면으로 떠오른다. 어쩌면 나는 그들 보다 더 혹독하게 어둠을 걷어내는 작업이 필요할지도 모른다. 문 학이란 고통을 거름으로 크는 나무다. 결국 글쓰기는 자기 안의 어 둠을 빛으로 승화시켜가는 담금질의 과정인가. 스스로 짊어진 형주의 쾌락, 낡고 무딘 감성의 촉수에 전율이 인다.

묵묵히 술잔을 기울이던 J선생이 진지한 표정으로 말문을 연다.

"뭉크의 〈절규〉를 본다고 해서 누구나 그 그림을 이해할 수 있는 건 아니죠. 그 그림을 온전히 이해하려면 뭉크를 알아야 해요. 안다는 것은 전체 속에서 하나의 흐름을 일목요연하게 짚어내는 일이겠죠. 한정된 문자로 사물의 본질을 그려낸다는 건 쉬운 일이 아니에요. 보다 총체적인 이해로 본질에 접근하는 노력을 해야 해요. 즉 자신이 다루고자 하는 소재에 대한 다방면의 지식과 사유를 가지고 몰입해야 한단 의미지요. 그렇지 않으면 여전히 핵심을 비켜선 글을 쓸 수밖에 없어요. 문제는 이런 기본을 갖추려는 노력도 없이 날림으로 글을 쓸 수 있다고 생각한다는 데 있겠지요."

뭉크는 〈절규〉에서 세부 묘사를 생략한 채 강렬한 색채와 몇 개의 구멍으로 내면의 극심한 공포를 표현하고 있다. 그처럼 나도 온갖 겉치레와 군더더기를 걷어내고 진짜 나를 그릴 수 있기를 꿈꾼다. 그것이 상처든, 허영의 비곗덩어리든, 골수가 빠져나간 몇 가닥의 철사 같은 몸뚱이뿐이든 포장되지 않은 내 모습 그대로. 그것은 단순한 발가벗기가 아니라 본질적 자아를 찾으려는 진실한 열망이어야 하리라.

글에 완성은 없다. 오르고 또 올라도 여전히 가파른 벼랑이다. 갈 길은 멀고 마음만 조급하다. 이제 겨우 한 걸음을 떼고 완주의 기쁨을 누리길 바랐던가. 터무니없는 욕심을 꾸짖듯 선배작가의 날림이란 단어가 화살처럼 뇌리에 꽂힌다.

어쩌다 한잔 술에 취하는 일도 누려봄직한 흥이요, 향기 있는 사람에 취하는 것도 품어볼 만한 소망이나, 글에 취하는 건 평생 놓지 못할 업이란 생각이 든다. 정서용이 봄날의 알뜰한 맹세를 흐느끼듯 꺾어 넘기는 전주의 밤. 끝내 비상을 접지 못한 영혼들의 사랑방 같은 '새벽강' 너머로 달이 지고 있다.

기지시리* 장터

들깨를 방앗간에 맡겨놓고 밖으로 나온다. 기름을 짜는 동안 장터 골목을 돌아볼 참이다. 기지시리는 한때 오일마다 장이 서서 사람들로 북적대던 곳이다. 지금은 휑한 골목에 된바람만 쳐 분다. 장은 안 선 지 오래고, 남아 있는 가게도 몇 되지 않는다. 인근에 대형 마트가 들어서고 도로가 마을을 비켜나면서 손님이 끊긴 탓이다.

흥성했던 자취라곤 찾아볼 수 없이 황량한 골목에 유일하게 간판이 남아 있는 가게가 있다. 천일상회. 벗겨진 간판의 칠이 살비듬처럼 일어나 있다. 나지막한 슬레이트 지붕에 삭을 대로 삭은 하얀 알루미늄 새시 문. 흐린 불빛 아래, 라면 담배 잡화 몇 가지가 썰렁하게 놓여 있다. 쪽마루 밑에서 비닐자락을 깔고 뒹굴던 누렁이가 꼬리를 세우고 날 쏘아본다.

---

* 기지시리: 당진군에 있는 한 마을.

내가 기웃거리는 걸 보았는지 허리가 구부정한 노인이 문을 밀고 나온다. 추레한 차림새에 안색이 편안치 않아 보인다. 딱히 물건을 사러 온 것도 아니면서 안을 들여다보는 것이 죄송해서 얼른 자리를 옮긴다. 노인은 담배를 피워 물고 골목 어귀에 나가 우두커니 서 있다. 이때 분홍 스웨터를 입은 할머니가 느릿느릿 천일상회 앞을 지나간다. 십여 분 넘게 거기 서 있는 동안 내가 만난 유일한 사람이다.

천일상회 옆은 송악반점이다. 슬쩍 들여다보니 네댓 평이나 될까 싶게 좁은 공간이다. 주방에선 희부연 김이 피어오르고, 앳된 얼굴의 여자가 양은 솥단지 안에서 무언가 건져 올리는 중이다. 홀 중앙엔 연탄난로와 플라스틱 탁자 몇 개가 바투 놓여 있다. 벽에는 손 글씨로 자장면, 짬뽕, 라면, 떡볶이라고 쓰여 있다. 정성껏 멋을 부려 썼으나 어쩐지 촌스러움이 묻어나는 벽 글씨. 7, 80년대 도시 변두리의 소박한 중국집 분위기 그대로다.

바람만 을씨년스럽게 몰아치던 골목에 갑자기 경쾌한 핸드폰 벨소리가 울린다. 어디서 나타났는지 댓 살쯤 되어 보이는 사내아이가 핸드폰을 흔들며 내게 다가온다. 자랑이 하고 싶었나 보다. 내가 부러 놀라는 표정을 지어 보이자 녀석은 얼굴이 환해져서 달아난다. 쇠락해 가는 풍경 속에서 아이의 웃음이 눈부시다.

삼십 분 넘게 서성이는 동안 내가 만난 사람들은 천일상회 주인과 할머니 그리고 아이뿐이다. 한때는 마을 사람들의 애환과 신명이 질펀하게 녹아지던 곳이련만, 그 은성하던 삶의 맥박은 어디로 잦아들었는가. 골목은 거기 흘러오고 흘러가는 풍경들을 담아두지 않은 채 무심하다. 그 무심함 속에서 떠나거나 남아야 했던 장터 사람들의 사연을 읽어내는 일은 아득하기만 하다. 하기야 풍경의 안쪽에 뜨겁게 몸 담근 일 없이 어찌 그 내력을 헤아릴 수 있으랴.

장터의 적막에 망연해 있다 기억 속에 혼곤히 묻혀 있던 내 고향 파주의 장날 풍경을 떠올린다. 왁자한 장터에 들어서면, 훅 끼쳐오던 민물생선 비린내와 막걸리 냄새. 핏물이 흐르는 채 쇠갈고리에 걸려 있던 푸줏간의 고깃덩이. 뻥이요, 고함소리와 함께 눈꽃처럼 희게 튀어 달아나던 튀밥. 넓적한 솥뚜껑 위에서 노릇하게 익어가던 빈대떡. 오랜만에 만난 이웃 마을 사람들의 수다스러운 안부. 물건을 사고파는 사람들의 능청스럽고도 질긴 흥정…….

빨강 나일론 잠바와 엑스란 내복 하나로 겨울을 나던 그 해, 어머니를 따라 나선 장터 상회에서 나는 하얀 방울이 달린 털외투를 처음 보았다. 꽃무늬가 그려진 고무신이며 몽실몽실한 털신 앞에서 내 검정 고무신은 너무 초라했다. 아버지의 겨울 잠바를 사면서 어머니는 몇 푼의 돈을 깎기 위해 한참이나 실랑이를 벌였다. 모진 소리를 들어가며 물건값을 깎은 돈으로 어머니는 국광 사과 몇 알을 샀다. 그 저녁 사과를 베어 물며 나는 목이 메었다.

지금 파주에는 신도시가 들어서서 화려한 불빛 아래 매일 장이 선다. 거래는 있으되 사람과 사람 사이의 관계는 없는 삭막한 쇼핑센터. 이제 어릴 적 장터의 풍경들은 추억 속에나 존재할 뿐이다.

잊고 사는 게 비단 장터 풍경뿐이랴. 장터 풍경 속엔 그 터전을 일궈온 사람들의 숨결이 땀땀이 배어 있다. 우리가 잃어버린 것은 어쩌면 사람살이의 온기를 느낄 수 있는 장터의 인정과, 담을 트고 만날 수 있는 흥의 공간인지도 모른다. 개발과 효율에 밀려 정물처럼 주저앉은 기지시리 장터 사람들. 그들에게 겨울은 길고도 모질다.

언제 문을 닫았는지 알 수 없는 '도장'집 양지바른 마당가에, 봄까치꽃이 철없이 벙글고 있다.

개구리 연가

해꽃 설핏한 산자락에 노을 붉게 번질 무렵이면 하나 둘 개구리 울음소리가 들려온다. 그렇게 선창을 하듯 몇 마리가 시작을 하면 이내 온 들판이 개구리 합창소리로 그득해진다.

두 해 전 이맘때쯤 시골로 이사를 왔다. 소나무가 많고 아기자기한 산들이 마을을 둘러싼 평화로운 곳이다. 첫날 밤 고단한 몸을 뉘고 자리에 누웠지만 얼른 잠이 오지 않았다. 뒤척이다 일어나 베란다 창을 연 순간, 칠흑 같은 어둠 속으로 한꺼번에 쏟아져 들어오던 개구리 울음소리. 낯선 곳에서 치르는 첫 밤을 다독이듯 정겹게 들렸다. 순식간에 낯섦은 사라지고 나는 쏜살같이 추억 속으로 달려갔다.

툭, 무언가 떨어지는 소리에 고개를 돌려보니 마루 뒤쪽으로 난 덧문 앞에 흰 종이가 떨어져 있었다. 이어 일부러 기척을 내고 멀어져가는 듯한 발걸음 소리가 들렸다. 쪽지는 네 귀퉁이가 반듯하게 접혀 있었다. 고개를 갸웃거리며 조심스레 쪽지를 펴 들었다.

"나 곧 제대해. 내일 저녁 열 시, 집 아래 세 갈래 길에서 기다릴게."

가슴이 마구 뛰었다. 부모님이나 동생들이 눈치 챌까 두리번거리며 주변을 살폈다. 다행히 개구리 울음소리만 천지에 가득했다. 공부하던 책을 덮고 자리에 누웠지만 잠이 올 리 없었다. 아무런 결정도 내리지 못한 채 짧은 여름밤이 하얗게 밝아왔다.

긴 여름 하루가 정신없이 지나고 드디어 약속한 시간이 다가왔다. 살그머니 대문을 밀자, 삐걱거리는 소리가 온 집안에 울려 퍼졌다. 순간 나도 모르게 털썩 주저앉고 말았다. 가슴은 두방망이질 치고 발걸음은 얼어붙은 듯 떨어지지 않았다. 부모님이 알면 경을 칠 일이었다. 마음씀이 자상한 군인 아저씨에 대해 좋은 인상을 가졌을 뿐 특별한 감정이 있는 건 아니었다. 제대라는 말에 무모한 용기가 생긴 것이었을까. 별다른 기척이 없는 것을 확인하고서야 고양이걸음으로 대문턱을 넘어섰다. 등줄기에서 식은땀이 흘러내렸다. 오 분이면 도착할 세 갈래 길이 십 리처럼 멀게 느껴졌다. 그는 먼저 와 있었다. 달빛 아래 그의 웃음이 하얀 들꽃 같았다.

"나와 줘서 고마워. 제대하면 집도 멀고 자주 못 볼 거 같아서…. 편지하면 답장해 줄래?"

장마를 앞두고 논에서는 개구리의 합창이 요란했다. 나는 고개를 숙인 채 자꾸 땀이 나는 손을 옷에 문질렀다.

산 너머 아래로는 임진강이 흘렀다. 아침이면 대남방송이 새마을 노래와 함께 울려 퍼지는 최전방의 작은 마을. 훈련받는 병사들을 거리에서 보는 건 드문 일이 아니었다. 그는 자주 우리 집 앞을 지나다녔기 때문에 얼굴이 낯설지 않았다. 이따금 물을 달라는 핑계로 마루에 걸터앉아 잠깐씩 쉬어도 가고, 짐짓 내 공부에 끼어들어 알은체를 하기도 했다. 나이는 불과 서너 살 위였는데 한참 어른인 양 굴었다. 어느 날 영어사전 속에서 낯선 메모를 발견했다. "나, 너 좋아해." 그 후 나는 더 이상 그의 얼굴을 편안하게 바라볼 수 없었다. 그리고 한 달 만이었다. 그는 잠자코 내 대답을 기다리는 듯했다.

"개구리들 저렇게 밤새 울면 얼마나 힘들까요?"

"사랑할 때는 하나도 안 힘든 거야. 짝을 구하는 노래거든."

뜬금없이 던진 말끝에 돌아오는 그의 대답이 당혹스러웠다. 바람은 부드럽고, 모가 한 자나 자란 논에선 싱그러운 풀 향기가 진동했다. 나직한 그의 한숨소리가 개구리 울음소리에 섞여 간간이 들려왔다. 나는 끝내 아무런 대답도 하지 않았다. 아니, 대답할 수가 없었다. 그땐 그것이 무엇인지 몰랐다. 개구리들이 밤새 울면 얼마나 힘들까, 생각하던 소녀가 어찌 지치도록 울어대는 개구리들의 사연을 알 수 있었으랴. 모르고 지나쳤기에 돌이켜보니 깨닫는 그리움이 달달하다. 나는 모르쇠요 수줍어하면서도, 속으론 달뜬 그 소녀가 더 그리울지도.

산자락에 조팝나무꽃이 흐드러지게 피고 개구리 노랫소리가 온

들판을 메우면서 여름은 본격적으로 시작된다. 그들의 노래가 언제 끝나는지 나는 알 수 없다. 새벽녘에 잠에서 깨면 여전히 음악회는 진행 중이다. 그야말로 지칠 줄 모르는 사랑의 연가다. 한때의 추억 때문일까? 개구리 우는 달밤이면 여리고 푸르던 시절의 한 페이지를 살며시 펼쳐보곤 한다. 추억 속의 소녀를 만나고 돌아오는 반가움으로.

조기

자질자질, 노릇노릇 잘도 익는다. 배틀하니 감칠맛이 도는 냄새에 입 안 가득 침이 고인다. 보암직도 하고 먹음직도 하니, 이름 있는 날 상에 오르내린 이유를 알 만하다. 마지막 뒤집기를 한다. 순간 여덟 개의 새카만 눈동자가 떠오르고, 뒤집었다! 라는 환청이 들려오는 듯하다.

어느 가난한 선비의 집에 귀한 손님이 왔더란다. 어머니는 소금 항아리에 아껴 두었던 마지막 조기 한 마리를 구워 손님상에 내놓았지. 오랫만에 생선 굽는 냄새가 진동하자 철없는 아이들은 연방 부엌을 들랑거리며 코를 킁킁거렸어. "어머니, 이거 우리 먹어도 돼요?" 어머니는 조용히 타일렀단다. "기다려봐라. 저 손님이 한쪽만 드시고 뒤집어 잡숫지는 않을 게다. 그럼 나머지 반쪽을 너희들이 먹을 수 있을 게야." 아이들은 저녁 밥상이 방으로 들어간 후 몰래 문틈으로 안을 들여다보았어. 아무것도 모르는 손님은 맛있게 식사를 하고 있었지. 갑자기 막내아이가 으아, 울음을 터뜨렸어. "뒤집었다!" 나머지 형제들도 동시에 소릴 질렀더란다. 조기의 한쪽을 다 발라먹은 손님이 마침내 반대쪽으로 뒤집었던 거야.

사십 년이 다 되어가건만 어제 들은 것처럼 생생하다. 어머니는 음식이 얼마나 귀한 것인지 가르치기 위해 그 이야길 해주셨던 것 같다. 이따금 아버지 밥상에 조기나 자반고등어가 올랐다. 아버지와 우리 세 남매가 거의 살을 먹고 대가리만 남은 것을 어머니가 샅샅이 발라 드셨던 기억이 난다. 어두육미라며 굳이 생선의 대가리만 드시던 속내를 어른이 되고서야 깨닫는다.

친정에 다니러 가서 식탁에 앉으면 생선살을 발라 어머니 밥숟가락에 얹어 드리곤 한다. 어릴 적 어머니가 하던 일을 이제 내가 한다. 어머니는 아직도 정색을 하면서 난 대가리가 맛있어, 하신다. 생선이 지천이어도 여전히 당신은 대가리부터 드신다. 가운데 토막으로만 살을 발라 어머니 숟가락에 올리면서 마음이 아리다.

내가 할머니에게 들은 이야기를 해주자 아이들은 싱겁게 웃는다. 엄마가 어디서 주워들은 코미디라도 전해 주는 줄 아는 모양이다. 그들은 생선이 대가리째 상에 오르는 걸 본 적이 없다. 게다가 생선 눈알을 먹는다는 생각은 아예 상상조차 못할 것이다. 골고루 먹으라고 생선살을 발라주면 도리어 짜증을 낸다. 비린내가 난다느니, 알아서 먹게 내버려두라느니 도리어 군소리다. 하기야 온갖 넘쳐나는 음식으로 허기져 본 일이라곤 없는 아이들이 조기 대가리에 얽힌 서러운 사연을 알 턱이 없다.

그런 의식 때문일까? 나는 꼭 식구 수에 맞추어서 생선을 담아낸다. 그리고 의도적으로 내 몫의 양을 챙겨 먹는다. 아이들은 저희들을 위해 생선 대가리만 먹은 희생적인 어머니로서의 내 모습을 가슴 아프게 기억하지 않아도 될 것이다. 아이들이 떠나고 남편과 둘이서만 식사할 기회가 많아지면서 식탁의 풍경은 달라진다. 식구 수대로 담아내던 생선 마릿수가 제멋대로다. 남편에게만큼은 관대하게 생선의 가운데 토막을 양보한다. 그런 내 속내를 남편이 아는지 모르는지 알 수 없나.

이제 생선은 더 이상 특별하거나 귀한 음식이 아니다. 내가 딱히 생선을 좋아하는 것도 아니다. 그런데도 내가 생선에 대해 가지고 있는 별스런 집착은 무엇 때문일까? 아직도 부드러운 살점을 제쳐두고 딱딱한 생선의 눈알이나 대가리살을 발라 잡수시는 어머니에 대한 연민 때문일까? 자기 살점을 떼어 새끼를 키우고 끝내 빈 껍데기로 산화散華하는 우렁쉥이는, 자신의 존재라곤 없이 가족을 위해 희생했던 이 땅의 많은 어머니의 모습이 아닐까 싶다. 그런 지극함의 중심에 조기는 어머니의 표상처럼 내 안에 자리 잡고 있었나 보다.

노릇하게 제대로 구워진 조기를 접시에 담아낸다. 문틈으로 몰래 들여다보며 뒤집을 것을 걱정하지 않아도 되는 풍성한 저녁 식탁은 얼마나 감사한가. 쫄깃한 속살을 발라 남편의 밥숟가락에 올려놓는다. 아이처럼 말없이 받아먹더니 목이 메는지 물을 찾는다. 혹여 남편도 생선 대가리만 잡수시던 어머니 생각을 떠올리고 있는 걸까.

풍경에 말걸기

빈 집

기다리던 단비가 내린다. 우산을 받고 과수원 옆으로 난 길을 따라 걷는다. 바람에 떨어진 꽃잎으로 오솔길이 환하다.

언제부터 거기 있었을까? 반쯤 담장이 허물어진 빈 집, 마당가에 춘백이 홀로 지고 있다. 녹슨 편지함엔 누렇게 바랜 우편물이 비에 젖고, 안방 깨어진 유리창 안으로는 희누르스름해진 꽃무늬 벽지가 들여다보인다. 문짝이 떨어져 나간 헛간엔 거미줄이 얼기설기하고, 주인 없는 마당에선 쇠뜨기풀과 민들레가 치열하게 영역을 다투고 있다. 스러져 가는 인간의 흔적 위에 자연은 또 다른 생명들로 시간의 무늬를 그린다.

두 해 전, 이십 년 만에 고향을 찾았을 때였다. 고향을 떠나지 않고 사는 소꿉동무가 자상하게 내 어릴 적 살던 집의 위치를 일러주었다. 향나무와 키다리꽃이 울타리를 두른 뒤뜰이며 그 옆으로 개울을 가로지르던 다리가 흔적도 없었다. 사방으로 큰 도로가 나고 번듯한 양옥이며 빌라, 아파트가 들어선 고향은 더 이상 예전의 꽃피는 산골이 아니었다.

식었던 아랫목이 따뜻해오는 새벽, 군불을 때며 두런두런 나누시던 부모님의 말소리는 얼마나 정겨웠던가. 설거지가 하기 싫어 한 숟갈 밥을 남겨놓고 뒷간으로 내빼던 날, 동생은 군소리 없이 그 일을 해서 나를 부끄럽게 했었다. 장마철 불어난 개울물을 건너다 새 신발을 잃어버리고 저녁내 벌쓰던 저녁, 개구리는 어찌 그리 울어대던지. 안방 문고리를 잡고 고통스러운 신음 속에 어머니가 막냇동생을 낳은 집…. 이젠 모두 추억 속의 풍경일 뿐이다. 흔적도 없이 사라진 고향집을 떠올리는 일만큼이나 빈 집의 황량함이 마음을 쓸쓸하게 한다.

조팝나무

과수원을 지나 산길로 접어든다. 조팝나무꽃이 하얗게 비에 젖고 있다. 희어도 다 같은 흰색이 아니다. 배꽃의 흰색은 달빛도 스밀 만큼 은은하고 차분하다. 조팝나무꽃의 흰색은 어둠조차 스미지 못하고 물러앉을 만큼 도드라진다. "꽃은 성기다." 밤에도 가라앉지 않는 욕망의 도발적인 색. 사랑에 미치지 않고서야 어찌 저토록 고혹적일 수 있겠는가.

어찌 색깔뿐일까. 헤아릴 수 없는 꽃의 종류와 모양의 천태는 경이로울 뿐이다. 제각기 다르되 그 어우러짐은 완벽하다. 그들은 한껏 제 모양대로 피는 것이 최상의 조화를 이루는 비결임을 아는 존재 같다.

볼품으로든 쓸모로든 조팝나무는 배나무를 따라잡을 재간이 없을 성싶다. 그런데도 가지 휘어지게 열매를 맺는 과수원 옆에서 당당하게 꽃을 피우고 있다. 조팝나무는 다른 무엇이 아닌 스스로를 위해 꽃을 피우는 게다. 그래서 저토록 눈부실 수 있는 것인가. 그들에게는 잘났거니 못났거니, 옳거니 그르거니, 비교나 틀림을 규정짓는 잣대가 없으리라. 인간처럼 비교로 인한 상대적 박탈감이나 불행도 없을 것이다.

과수원의 배나무와 둔덕에 아무렇게나 자란 조팝나무가 그렇듯 삶의 조건은 다 같지 않다. 그런 이치를 모르지 않으면서도 나는 끊임없이 비교하면서 상처를 입는다. 잘된 사람을 보면 왜 내가 아니고 너인가, 고통스러운 일을 만나면 왜 하필 나인가 하면서. 조건을 극복하기 위한 노력보다는 부질없는 원망과 욕심으로 삶의 여러 날들을 그늘지게 만들었다. 지금도 난 무심결에 배나무와 조팝나무를 비교하고 있다. 먹지도 못할 열매나 맺는 조팝나무처럼 실속 없는 삶이었다고 되뇌다 쓴웃음을 짓는다. 내 생애 어느 한순간 조팝나무처럼 활짝 꽃 피어 본 적이 있었던가.

내 마음의 풍경

걸음을 옮길 때마다 두 개의 자국이 흙길에 선명하다. 길은 끊어질 듯 이어지다 둘로 갈라진다. 이정표 없는 오솔길에선 선뜻 방향을 정하기가 쉽지 않다. 나무들에 가려진 길은 끝이 보이지 않고, 그늘진 숲은 어둑해서 마음이 주춤해진다. 익숙하지 않은 길에 대한 낯가림, 내 살아온 날들이 그랬지 싶다. 내 인생 사전에는 모험이나 도전이란 낱말보다 분수와 한계에 대한 다짐으로 빼곡하다. 어쩌랴. 이젠 가지 않은 길에 대한 아쉬움보다는 걸어온 길에 대한 후회 없는 마무리를 하고 싶다.

잠시 망설이다 왔던 방향으로 걸음을 되돌린다. 오는 길은 풍경을 따라왔지만 가는 길은 마음의 풍경을 따라 걷고 싶어서다. 두 발이 확인해주는 생생한 실존감으로 내 선 자리를 돌아보는 일은 사뭇 진지하다. 삶이 현재 진행형이라는 것은 얼마나 감사한 일인가. 어느새 비 그치고, 먹구름 물러간 하늘에 푸른빛이 돌고 있다.

視線

"오늘도 아무도 오지 않았다."

서른 장의 메모와 함께 할머니의 시신은 발견되었다. 메모의 내용은 똑같았다. 날짜로 보아 할머니는 이미 보름 전에 숨진 것으로 밝혀졌다. 그때까지도 그녀의 가족은 한 사람도 나타나지 않았다.

따로국밥

“오늘도 아무도 오지 않았다.”

서른 장의 메모와 함께 할머니의 시신은 발견되었다. 메모의 내용은 똑같았다. 날짜로 보아 할머니는 이미 보름 전에 숨진 것으로 밝혀졌다. 그때까지도 그녀의 가족은 한 사람도 나타나지 않았다.

할머니의 죽음보다 더 내 가슴을 아프게 했던 건 꼬박꼬박 날짜가 적힌 메모의 내용이었다. 극도의 외로움과 굶주림 그리고 죽음의 공포 속에서 그녀는 얼마나 소리 없는 비명을 질렀을 것인가. 혈육에게조차 철저히 소외되고 버려진 데 대한 절망감은 차라리 죽음보다 더한 고통이었으리라.

몇 년이 지났는데도 그 사건의 여운이 뇌리에 생생하다. 그런데 오늘 또 우울한 뉴스를 듣는다. 매년 아동학대가 급증하고 있다는 소식이다. 물론 가족에 의해서다. 아이들 역시 그 할머니처럼 무력하기는 마찬가지다. 이러한 현실에서 여전히 가정을 ‘즐거운 나의 집'으로 노래할 수 있을지 마음이 무겁다. 이미 오래전에 사회 표면으로 드러나기 시작한 가족 해체의 위기가 구체적인 현상으로 나타나는 것인가. 가정이 더 이상 마법의 성이 아니라는 확인이 두렵고 쓸쓸하다.

내겐 가족, 하면 풍경처럼 떠오르는 흑백사진이 있다. 어린 삼남매가 어머니 아버지 품에 안겨 찍은 사진이다. 그때 가족은 세상에 더없이 견고한 성이었고 따뜻한 보금자리였다. 요즘은 무슨 갤러리 같은 사진관에서 근사하게 가족사진을 촬영한다고 한다. 그래 그런지 세련된 엄마 아빠에 아이들은 하나같이 공주고 왕자다. 그럼에도 불구하고 예전처럼 정감을 느낄 수 없는 건 왜일까? 요즘은 남녀노소 할 것 없이 아침부터 늦은 저녁까지 각자 바쁘다. 한 집에 살면서도 함께 식사할 수 있는 기회는 고작 일주일에 한두 번 정도라고 한다. 끈끈하게 정이 고일 사이가 없다.

품안의 자식이란 말처럼 자녀들은 성장하면 부모 곁을 떠나게 마련이다. 그런 줄 알면서도 코앞에 닥쳐서야 그 말의 의미를 실감한다. 학교 문제로 아이들이 집을 떠나게 되었을 때 나는 혹독하게 '빈 둥지 증후군'이란 걸 앓았다. 집을 떠난 아들은 한번도 먼저 연락하는 법이 없다. 먼저 연락이 올 땐 꼭 용돈이 필요할 때다. 문자나 전화로 안부를 묻는 일은 언제나 내 몫이다. 어쩌다 섭섭함을 전하면 엊그제 통화했잖아요,라고 무뚝뚝하게 대꾸를 한다. 참, 이렇게 서로 마음이 다르구나 싶다. 현명하게 그 빈자리를 대체할 무엇을 찾지 못한 채 한동안 안팎으로 허둥댔다. 그 때 난 혼자 서 있을 수 없는 다리 셋인 의자와 같았다. 자식이 다른 인격체라는 걸 인정하면서도 그것을 현실로 받아들이는 데 꽤 오랜 시간이 걸렸다.

철저하게 가족 의존적이었던 내가 절실하게 홀로서기의 필요성을 느낀 것은 IMF 때다. 전례 없는 경제 태풍은 수많은 집단과 가정에 위기를 가져왔다. 막다른 골목으로 내몰린 가장들이 자살을 택하고 견고한 성을 같았던 가정의 결속은 무너졌다. 가족들은 비통함을 추스를 겨를도 없이 살길을 찾아 허덕거려야 했다. 태풍에 부러지고, 꺾이고, 뿌리째 뽑힌 나무들처럼 가정과 개인들의 생존을 위한 투쟁은 눈물겨웠다. 냉엄한 현실은 내게 집단이든 개인이든 준비하지 않은 자에게 미래는 없다는 사실을 일깨워 주었다. '오늘도 아무도 오지 않았다.'는 처절한 메모를 남기고 홀로 죽을 수밖에 없었던 할머니의 처지가 내 일이 아니라고 어찌 장담할 수 있으랴.

세상의 장면은 빠른 속도로 변화하고 있고, 가장의 권위는 땅에 떨어진 지 오래다. 여성들 또한 희생적이고 순종적인 아내 역할보다 한 인간으로서의 자기 권리를 더 존중받기를 원한다. 아이들도 더 이상 부모에게 고분고분하지 않다. 가족들은 따로국밥 속의 건더기처럼 한 공간에서도 하나로 섞이지 않고 제각각 다른 삶을 꿈꾼다.

그러나 비관할 일만은 아니다. 그런 변화 가운데서도 희망을 가질 이유가 있다. 맛과 향이 서로 다르게 우러나는 그 맛 때문에 국밥의 국물은 더 구수해질 수도 있는 것이다. 김수영의 시 〈가족〉은 이렇게 우리를 위로한다.

제각각 자기 생각에 빠져 있으면서/그래도 조금이나마 부자연한 것이 없는/이 가족의 조화와 통일을/나는 무엇이라고 불러야 할 것이냐

예전처럼 일방적이고 수직적인 관계 속에서는 가족의 서로 다른 주장을 담아내기 어렵다. 억압이나 과보호 속에 자란 싹은 울타리 밖의 세파에 취약하기도 하려니와 더 이상 가족이라는 굴레가 개인의 삶을 억압하는 기제로 작동하지 않는 세상이다. 이제 다양한 목소리는 도리어 건강한 가정의 지표가 될 수 있다. 가족이기 때문에 더욱 개성에 따라 자기 삶을 꽃피울 수 있도록 북돋워줄 필요가 있을 것이다. 그 과정에서 타인과 조화를 이루어가는 노력 또한 터득할 수 있지 않을까 싶다. 그렇게 자기 존중감을 가지고 성장한 개인은 다리 셋인 의자처럼 위태로운 삶을 살지는 않을 것 같다.

나무의 가지는 서로 다른 방향을 향해 뻗어 있지만 근원을 거슬러 내려가면 하나의 뿌리를 가지고 있다. 척박한 땅의 나무는 잔병치레가 많을 수 있다. 그러나 땅속 깊이 뿌리를 내리고 뒤엉켜 결속되어 있다면 쉽게 죽지 않는다. 가족이란 서로에게 그 뿌리와 같은 존재가 아닐는지. 거듭 살필 일이다. 나는 그 뿌리에 물을 주는 사람인지, 아니면 거친 돌을 놓아 상하게 하는 사람인지를.

바벨탑

억. 억. 억!

비명이 아닙니다. 천정부지로 오르는 아파트값입니다. 집 없는 서민을 위하여 정부에서는 전국토를 재개발 혹은 재건축하면서 주택 보급률을 백 퍼센트 이상 높이겠다고 합니다. 서민들은 혹시나 그 많은 집 중에 내 차례도 하나쯤 오지 않을까 막연한 희망을 갖습니다. 그런데 이게 웬일일까요? 어떤 아파트는 프리미엄만 일억 이상이라고 합니다. 그것도 물건이 없어 못 산다는군요. 그럼 실제 집값은 도대체 얼마나 되는 걸까요? 평수에 따라 다르긴 하지만 어림잡아 계산해도 수억에서 십억을 훌쩍 넘어간다는 것을 예상할 수 있습니다.

절로 한숨이 나옵니다. 평생을 모아도 샐러리맨 봉급으로 그 돈을 마련하긴 어려울 것 같습니다. 날이면 날마다 아파트를 분양한다고 하는데 그 비싼 아파트에 척척 들어가는 사람들은 어떤 복을 타고난 사람들일까, 새삼 그렇게 부러울 수가 없습니다. "난 참 바보처럼 살았군요!" 그런들 때늦은 후회일 뿐입니다. 우뚝우뚝 솟은 아파트가 바벨탑의 신화처럼 아득하게 느껴집니다.

지금 대한민국은 전국토가 부동산 개발 중이라 해도 과언이 아닙니다. 무슨무슨 지구가 개발 확정되었으며 얼마가 올랐다는 뉴스가 연일 신문의 한가운데를 장식합니다. 기사에 따라 내 마음도 널을 뜁니다. 눈이 어질어질하고 분별력과 판단력은 흐려지며 단잠을 놓치기까지 합니다. 가진 돈은 쥐꼬리인데 어디다 '알'을 박아 일확천금의 재미를 볼꼬 하여 밤낮으로 온갖 정보의 홍수 속을 헤집고 다닙니다. 땅 짚고 헤엄치기다, 이보다 확실한 투자는 없다, 당장 떼돈을 벌 것처럼 소문이 무성합니다. 신기루처럼 잡힐 듯싶으면서도 확실한 건 아무것도 없이 마음만 요동을 칩니다.

배짱도 주변머리도 없이 그저 주어진 대로 살다 어느새 지명이라는 나이에 이르렀습니다. 건강한 몸에 부모님 물려주신 집 있으니 알뜰히 살면 밥이야 굶으랴 싶었습니다. 연일 경제 개발이란 깃발을 들고 온 나라가 술렁거리는 시절에도 눈멀고 귀먹은 사람처럼 세상일엔 어둡게 살았습니다. 냉혹하고 치열한 삶의 한복판에 뛰어들기엔 대책 없이 무능하고 용기가 없는 까닭에 소욕지족少欲知足이란 명분으로 도피한 건지도 모르겠습니다.

얼마 전 신문 기사를 보니 어려서부터 돈 교육을 시킬 것을 권장하고 있었습니다. 자본주의 사회에서 그것은 필수적이고 합리적인 요구라고 여겨집니다. 이제 더 이상 가난은 미덕이 아닙니다. 최고의 덕담이 "부자 되세요"가 된 세상입니다. 무엇이 삶의 중심이 되는 가치인가 생각해보게 합니다. 한편 같은 날 신문에서 "자살공화국 대한민국, 자살률 세계 2위"라는 기사를 보았습니다. 요인 세 가지는 고독, 질병, 돈이었습니다. 놀라운 건 이삼십대 자살률이 세계 2위라는 것입니다. 그렇게도 목숨 걸고 추구하는 돈이 행복으로 연결되지 않는 이유가 무엇일까요?

엊그제 지인으로부터 전해들은 이야기는 내 마음을 더욱 서늘하게 만듭니다. 의좋은 형제가 있었답니다. 형제 모두 살기가 넉넉하여 재산분배에는 그다지 마음을 쓰지 않았습니다. 그러던 어느 날 아버지로부터 물려받은 농토가 개발붐으로 급등하면서 둘째 아들은 큰 부자가 되었습니다. 마침 도시에서 사업을 하던 큰아들은 하던 일이 잘 안 되어 동생에게 도움을 요청합니다. 둘째 아들이 그 요구를 거절하자 형은 맏이의 권위를 사용하여 법적으로 대응했습니다. 흥분한 동생은 총으로 형과 그 가족 몇 사람을 사살하고 자살을 했습니다. 돈이 삶의 최고 가치가 될 때 오는 비극적인 결과이지 싶습니다.

부에 대한 욕망은 바닷물을 들이켜듯 갈수록 갈증이 커진다고 하지요? 한없이 짠물을 들이켜다 결국 목이 타 죽고 만답니다. 그럴망정 원없이 누려보고 싶은 게 사람의 욕심일까요. 제대로 다스리지 못하면 결국 돈이 내게 흉포한 주인행세를 할지도 모릅니다. 굳이 현자들의 말을 빌리지 않더라도 진정한 행복은 그 돈의 가치를 인정하되 합당한 위치에 둘 줄 아는 마음의 덕성에 있는 것이라

믿습니다. 하늘 높은 줄 모르고 치솟던 내 안의 바벨탑이 무너지는 소리를 듣습니다. 욕망에 휘둘려 방향을 잃었던 이성의 나침반이 차분히 내 분수를 향해 바늘 끝을 맞춥니다.

보고 싶은 것만 보이나 봅니다. 한 달 남짓 자나깨나 '재개발' '억'에만 초점을 맞추고 살았습니다. 억, 억, 하다 정말 억, 하고 비명에 갈지도 모르는 일입니다. 이날까지 남에게 아쉬운 소리 한 적 없고 편히 누울 내 집 있으니 이만하면 족하지 않은가. 다시 소욕지족으로 돌아옵니다. 비로소 내 자리인 양 마음이 놓입니다. 내 분수를 지키는 일이 이토록 어려운 일인 줄 미처 몰랐습니다. 모든 사물은 제자리에 있을 때 가장 아름답다지요?

모노드라마

그들은 자리에 앉자마자 봇물 터진 듯 말을 쏟아내기 시작했다. 한 사람의 말이 미처 끝나기 전에 가로채듯 다른 사람이 말을 이어갔다. 점차 목소리의 톤이 높아지면서 분위기는 뜨겁게 달아올랐다. 마치 격정적인 모노드라마의 현장에 있는 듯했다.

그들은 모처럼 편안한 외출 중이었다. 레스토랑에서 근사한 점심을 먹고 막 H씨 집에 모인 참이었다. 외양으로는 모두 품위와 여유를 갖춘 중년 여성들이었다. 적당히 뻔뻔해지고 편안해질 나이여서 그런지 굳이 자기 안의 문제를 숨기려들지 않았다. 한 사람이 말을 마치기 무섭게 사람들은 약속이나 한 듯 그 말에 동조했다. 그때마다 말을 꺼낸 사람의 남편은 세상에 둘도 없는 못된 인간이 되었다. 하나같이 못된 남편을 만들어놓고서야 그들은 제 목소리로 돌아갔다.

문제는 사소해 보였다. 무엇을 먹을 것인가에서부터 감정을 표현하지 않는 일, 친구를 만나는 일, 여행지를 선택하는 일, 물건을 사는 일, 늦게 들어오면서 전화하지 않는 일 등등과 관련된 의견 차이였다. 그들은 아직도 부부가 동반자이기보다 수직적인 상하관계 속에 억압되어 있음을 토로했다. 그리고 대화보다는 권위와 경제력으로 여자를 구속하는 비겁함을 성토했다. 부부를 결속시키는 끈이 다만 자식이라는 이야기 끝에는 모두들 무겁게 한숨을 몰아쉬었다.

겪고 있는 문제들은 달라도 한 가지 공통점을 가지고 있었다. 남녀의 차이, 생각의 차이를 극복하지 못한 데서 오는 갈등이라는 거였다. 자신은 절대로 옳다는 확신이 강할수록 갈등의 골은 깊을 수밖에 없었다. 타협의 여지는 없어 보이고 일방적으로 어느 한쪽이 희생을 감수해야 하는 상황에 숨 막혀 하고 있었다. 문제는 원인의 절반이 스스로에게 있다는 걸 인정하면서도 끝내 자신이 더 옳고 그래서 양보할 수 없다는 데 있었다. 그런 아집이 깨어지지 않고 원만한 부부관계가 성립되기는 어려워 보였다. 결국 서로 부딪치고 깨어져서 어쩔 수 없이 적응하고 사는 불행한 얼굴을 하고 있을 수밖에 없을 것 같았다.

그들의 말 속에선 저마다 생의 한가운데를 뜨겁게 지나온 열기가 느껴졌다. 그만큼 자기 삶에 충실했다는 증거일까. 그러면서도 중년에 이르도록 부부간의 화합을 이루지 못한 데 대한 안타까움과 회한이 짙게 배어 있었다. 각자 느끼는 고통의 종류는 달랐지만 그 무게는 차이를 느낄 수 없을 만큼 비슷해 보였다. 현실을 있는 그대로 받아들이려는 안간힘 그 밑바닥엔 깊은 허무, 안타까움, 체념이 뒤섞여 있는 듯싶었다. 각자 자기의 삶이 몇 순위인가를 가늠하면서 더러는 가슴을 쓸어내리고 더러는 남모르게 한숨을 짓기도 하였으리라.

그러다 슬그머니 화제가 긍정적인 방향으로 옮겨 갔다. 변화를 위해선 부부간의 생각과 행동방식의 차이에 대해 감정이입해서 바라볼 필요가 있다는 것이었다. 대개는 옳고 그름의 문제가 아니라 관점의 차이라고 느껴졌기 때문이었다. 사람의 정신은 울퉁불퉁한 거울과 같아서 자신의 성질을 대상에 부여하여 흔히 그 대상을 왜곡하고 변형시키는 경향이 있다, 그렇다면 나의 판단이나 방식이 언제나 완전하게 모든 상황에 적용될 수는 없다는 것을 인정해야 하지 않겠느냐는 것이었다.

그런데 자기가 경험하지 않은 것을 이해하고 수용하는 것은 왜 그렇게 어려운가. 그 차이는 작아 보이건만 그 거리가 너무 멀다는 사실에 모두들 탄식하고 있었다. 이제 저만큼 갈 길이 바라보이는 중년의 나이 아닌가. 삶의 후반전을 제대로 마무리하고 싶은 조바심도 있을 터였다. 누군가 결혼을 업적이라고 했던가. 결국 그들은 결혼생활이 살아있는 동안 부단히 공들여 해 내야 할 숙제라는 사실을 새삼 확인해야 했다.

지금까지 아이와 남편이 중심이었던 생활이 자기 자신에게로 옮겨지면서 그들은 몸살을 앓는다. 포기할 수 없는 자신의 삶과 그걸 수용해 주지 못하는 가족, 주변의 낯선 시선 앞에 그들은 혼자 격정적인 모노드라마를 연출할 수밖에 없는 것이다. 어쩌면 그들은 그렇게 욕심을 비워내면서 차이를 좁혀가는 것이리라. 끝내는 호되게 홍역을 치르며 자기 몫의 고통과 행복을 있는 그대로 받아들일 것이다.

무대의 막이 내리면 제자리로 돌아가는 배우처럼 그들은 한바탕 수다 끝에 절반은 후련하고 절반은 허탈한 심정이 되어 돌아갔다. 그 자리에 청중은 없었다. 저마다 한 치의 우열을 가릴 수 없는 모노드라마의 열정적인 주인공이었으므로.

그 날
— 신경림의 시 〈농무〉에 부쳐

'베트남 처녀, 예쁘고 참함. 절대 도망가지 않음'

"엄마, 저게 무슨 뜻이에요?"

가로수 이쪽저쪽을 거침없이 가로지른 결혼상담 현수막을 보고 딸아이가 묻는다. 얼른 대답할 말이 떠오르지 않는다. 딸은 스물이 넘은 성인이다. 별 생각 없이 결혼광고라고 사실을 말해도 이해 못할 나이는 아니다. 그런데 왠지 곤혹스럽다. 어떻게 설명을 할까 저울질을 하다 사실대로 대답을 한다.

"응, 결혼광고야."

"그건 나도 알겠는데 도망가지 않는다는 게 웬 말이냐고요?"

시골로 이사를 한 지 얼마 안 되어서였다. 읍에서 마을로 들어가는 버스를 한참이나 기다려 탔다. 주위를 둘러보다 나도 모르게 탄식을 했다. 손님 중에 젊은 사람은 나 혼자였다. 하나같이 머리가 허옇게 세고 허리가 굽은 노인들뿐이었다. 이것이 농촌의 현실이구나 하는 실감과 함께 신경림의 시 〈농무〉가 떠올랐다.

더 이상 악을 쓰는 조무래기도, 킬킬대는 처녀도 없는 적막한 시골 풍경. 그나마 저 어른 세대가 돌아가시고 나면 농촌의 현실은 어떻게 달라질까 걱정이 앞섰다.

시골에서 고등학교를 졸업한 젊은이들은 너나 할 것 없이 대학 진학이나 취업을 위해 서울로 올라갔다. 그도 저도 뜻대로 되지 않아 초로에 다시 고향으로 돌아온 사람들도 더러 있기는 했다. 그들은 이미 남의 땅이 되어버린 농토에 품삯도 제대로 나오지 않는 농사를 지으며 겨울이면 술로 울분을 삭혔다.

돼지나 소를 기르는 일은 돈은 좀 되어도 결혼하기가 힘들었다. 일이 워낙 고되고 지저분하여, 여간 좋은 조건이 아니고서는 시집을 오려고 하지 않았다. 그래 그런지 연변이나 베트남 여자와 결혼하여 사는 남자들을 종종 볼 수 있었다. 그것도 소개비며 양쪽 결혼식비용 등 적지 않은 대가를 지불해야 가능한 일이었다. 그렇게 천신만고 끝에 얻은 외국인 며느리가 집을 나가는 통에 할머니가 손자들을 돌봐야 하는 경우도 생겼다.

다행히 올해 김장 농사는 전에 없이 풍년이었다. 심한 역병으로 망친 고추농사를 조금이나마 만회할 수 있을 것 같았다. 산자락 넓은 밭이 온통 배추 무로 넘쳐 났다. 가을 가뭄이 심하긴 했지만 벼 농사도 예년을 웃도는 풍작이었다. 제대로 값을 쳐 받으면 해 묵은 농협 빚을 갚을 수 있을지도 모른단 기대로 가슴이 뿌듯했다. 그런 설렘도 잠시 김장값이 폭락했다는 소식과 함께 도매꾼들이 배짱을 부렸다. 게다가 긴 가뭄 탓인지 무 밑동이 고르게 들지 않은 걸 핑계 삼아 형편없이 값을 매겼다. 인건비는커녕 비료값도 나오지 않는 소득일 게 뻔했다. 어떤 이는 아예 김장밭을 갈아엎었다.

보름달은 밝아 어떤 녀석은/꺽정이처럼 울부짖고 또 어떤 녀석은/ 서림이처럼 해해대지만 이까짓/산 구석에 처박혀 발버둥친들/비료 값도 안 나오는 농사 따위야/아예 여편네에게나 맡겨두고

≪농무≫가 발표된 지 40년이 흘렀지만 농촌의 현실은 그다지 달라진 것 같지 않았다. 어느 날 마을에 이주단지가 형성되고 온갖 위락시설이 들어서면서 심상치 않은 분위기가 감돌았다. 땅마지기나 있는 남정네들이 '바다이야기'에 빠져 한 해 농사를 거의 탕진한다는 것이었다. 그 일로 아무개 엄마는 하루 걸러 싸우다 집을 나가고, 어떤 이는 베트남에서 얻어들인 스무 살이나 어린 신부가 도망을 갔다는 등 소문이 무성했다. 하룻밤 사이에 논 한 마지기 소출을 잃는 건 예삿일이었다.

우리는 점점 신명이 난다/한 다리를 들고 날라리를 불거나/고갯
짓을 하고 어깨를 흔들거나

어쩌면 사람들은 길거리 대신 '바다이야기'에서, 농무 대신 스릴
넘치는 도박게임으로 희망 없는 겨울을 견디고 있는 건지도 모른
단 생각이 들었다.

사정을 듣고 난 딸아이의 표정이 씁쓸하다. 적지 않은 돈을 지불
하고 신부감을 사오듯 구해야 하는 농촌의 현실도 그렇고, 머나먼
타국에서 팔리듯 시집을 오는 어린 아가씨들의 처지도 안타깝긴
마찬가지다. 죽도록 일해 보았자 한 해 농사비용도 나오지 않는다
면 도대체 누가 농사를 짓겠느냐며 제 일처럼 발을 구른다.

지역개발이란 미명하에 늘어나는 건 모텔과 이름도 고상한 바다
이야기, 각종 유흥음식점뿐이다. 땅마지기나 물려받은 사람은 그렇
다 치더라도 살뜰히 모은 돈마저 도박게임으로 날려버리는 일이
다반사가 된 농촌의 현실은 너무 암담해 보인다. 아이들의 목소리
도, 아가씨들의 깔깔대는 웃음소리도 사라진 들녘엔 영원히 봄이
오지 않을 것만 같다.

아, 어느 날에야 넓은 골목길에 '농자천하지대본'의 깃발을 내어
걸고, 징 징 징, 신명나게 징을 치고, 우쭐우쭐 농무를 출 그 날이
올 수 있을까?

허심우석虛心友石

'허심우석.'

남농南農 기념관의 한 편액에 씌어 있는 글귀입니다. 보기 드문 귀한 그림들을 제쳐놓고 오래도록 그 앞에 서 있습니다. 허심우석이란, 마음을 비우면 돌 같은 사람과도 친구가 될 수 있다는 뜻입니다. 비움의 어려움과 비움의 쓰임을 동시에 생각하게 합니다. 버리지 못해서 무겁고 괴로웠던 기억들이 떠오릅니다. 입으로만 허심을 외다 좌절하여 돌아선 적도 많습니다. 잠시잠깐의 그 다짐조차 채우려는 욕심에서 비롯된 까닭에 허전해진 일도 여러 번입니다. 사는 동안 비우는 일이 가능하기나 한 건지 의심스럽기조차 합니다.

톨스토이의 동화 속에 나오는 한 농부 이야기는 끝없는 욕망의 허무한 결말을 알려줍니다. 파홈은 촌장으로부터 해가 떠서 질 때까지 그가 걸은 만큼의 땅을 모두 주겠다는 약속을 받습니다. 욕심이 생긴 남자는 정해진 시간 동안 혼신의 힘을 다해 뛰었고 많은 땅을 확보합니다. 해가 서산을 막 넘어갈 때쯤 그는 헐레벌떡 마을에 도착합니다. 촌장은 "장하십니다. 당신은 많은 땅을 차지하게 되었습니다."라고 소리쳤습니다. 그 순간 파흠은 피를 토하며 쓰러졌고 끝내 숨을 거두고 말았습니다. 하인이 2m 가량의 구덩이를 파고 남자를 묻었습니다. 그가 목숨을 바쳐 얻은 땅은 겨우 2m뿐이었습니다

그를 어리석다 손가락질할 수 있겠는지요. 그는 나의, 우리의 자화상이기 때문입니다. 부에 대한 욕망은 짠 바닷물을 들이켜는 것과 같다지요. 마시면 마실수록 갈증이 날 수밖에 없습니다. 비움에 대한 생각은 어쩌다 한번이고 수도 없이 채움을 갈망하는 욕심쟁이로 살았습니다. 그럼에도 여전히 빈 주머니입니다. 언젠가는 채워지리라, 몽매한 믿음을 버리지 못한 채 지명에 이르렀습니다. 옛사람 역시 그 일이 쉽지 않았기에 글로 쓰며 마음을 다스렸던 게 아닐는지요? 필경 평생의 숙제일 듯합니다.

비단 부에 대한 욕망뿐이겠는지요. 우연히 고마운 인연으로 하여 글쟁이란 이름을 갖게 되었습니다. 아직은 남의 이름처럼 낯선 칭호입니다. 이름값을 한답시고 자꾸 글을 꾸미게 됩니다. 그러다보니 겉치레와 군더더기가 많습니다. 잘 보이고 싶은 허욕이 앞선 까닭일 테지요.

어느 연세가 지긋하신 분이 쓴 수필을 읽은 적이 있습니다. 참 자연스러웠습니다. 아름다움이란 자연스러움과 가장 가깝지 않을

까 싶었습니다. 물이 흐르듯 담담하고 온화한 글이었지요. 모든 사물이 저 있을 자리에 있었습니다. 그것들과 조화롭게 어우러진 그분의 삶이 퍽 아름답게 느껴졌습니다. 결국 내 욕심이 지나친 포장을 하게 하고 본래의 아름다움마저 그르친다는 걸 알았습니다.

다이아몬드 원석은 필요 없는 불순물이 제거되면서 본래 지닌 아름다움과 가치를 드러냅니다. 어쩌면 좋은 글쓰기란 사물이 지닌 본래의 아름다움을 드러내기 위해 필요 없는 군더더기를 제거하는 작업인지도 모른단 생각이 들었습니다. 역시 비움이 쓰임이 되는 한 예구나 싶었습니다. 언제나 그 헛것을 다스리며 본래의 자연스러움을 담아낼지 아득하기만 합니다.

기념관 문을 나섭니다. 비가 내립니다. 나를 일깨우기라도 하듯 마당가 연못에 핀 수련이 그윽하게 시선을 마주쳐옵니다. 초목에 내린 비는 자신을 내어주고 대가를 요구하지 않습니다. 자신으로 하여 한층 푸르러지는 잎사귀를 어루만지듯 가만가만 내립니다. 초목은 다시 푸른 제빛으로 사람의 목숨을 거두어 살핍니다. 비움이란 이렇듯 아름다운 헌신일 수 있음을 깨닫습니다. 돌아서 잊을지언정 한때의 뉘우침이 감사한 하루입니다.

톤레삽

"원 달러, 원 달러!"

차에서 내리자마자 맨발의 아이들이 연방 원 달러를 외치며 다가든다. 어떤 아이는 서툰 한국말로 아줌마 예뻐요, 하면서 애교 있게 따라붙는다. 이제 겨우 걸음마를 마쳤을 법한 어린아이도 있다. 외면하자니 마음이 괴롭고 일일이 아는 체를 하자니 역부족이다. 어떤 이는 구걸하는 방식으로 살아가도록 아이들을 잘못 길들일 수 있다며 손을 내젓는다. 나는 나이가 가장 어려 보이는 아이에게 일 달러를 쥐어준다.

캄보디아의 톤레삽은 바이칼 다음으로 큰 호수다. 1월은 건기로 물이 가장 적을 때다. 사람들은 거기서 먹고 마시고 배설까지 모든 일상생활을 영위한다. 물이 줄고 가뭄이 지속되면서 오염은 심화될 수밖에 없다. 입구에 들어서자마자 역한 냄새가 코를 찌른다.

흙탕물이 출렁이는 호수 양쪽으로 수상가옥이 즐비하다. 집이래야 나무 기둥에 야자나무 잎을 거칠게 엮어 얹은 게 전부다. 겨우 햇볕과 비를 가릴 수 있을 정도다. 그 공간에 기둥 몇 개를 가로막아 사람과 돼지가 섞여 살기도 한다. 살림살이랄 것도 없는 가재도구 몇 점에, 줄에 널린 아이 옷마저 흙물이 들어 불그스레하다. 반바지 차림의 남정네들은 눈이 마주치자 이가 드러나도록 웃으며 손을 흔든다. 난간에 아슬아슬하게 놓인 부겐베리아의 붉은 빛은 왜 그리도 선명한지.

가이드는 톤레삽의 주민들 대부분이 베트남 난민들이라고 알려준다. 그들은 호수에서 잡는 물고기와 여행객에게 물건을 판 돈으로 최소한의 생계를 유지한다. 그들은 물에서 살다 물로 돌아간다. 건기 때 죽으면 화장을 해서 바닥이 드러난 호수에 묻는데 우기 철이 되면 흔적도 없이 사라진다. 그들에게 톤레삽은 삶의 터전이면서 영혼의 고향인 셈이다.

수상가옥촌을 돌아보기 위해 막 배에 올랐을 때다. 열댓 살쯤 되어 보이는 소년이 카메라를 들고 내게 눈을 맞추며 환하게 웃는다. 웃음이야 못 보태주랴 싶어 나는 한껏 웃어준다.

톤레삽은 바다로 착각할 만큼 거대하다. 바나나 음료수를 팔기 위해 여행객들이 탄 배를 필사적으로 뒤쫓는 사람들. 예닐곱 살이나 되었을까 싶은 여자아이와 노인의 힘겨운 고기잡이. 눈물겨운 삶의 현장이다. 이곳에서 관광이란 말을 쓰는 것은 합당치 않다. 구경거리로 삼기엔 너무 절박한 삶의 현장이다.

수상가옥촌을 돌아보고 배에서 내리자마자 한 아이가 다가온다.

아줌마 예뻐요, 하면서 작은 접시를 치켜든다. 낯익은 얼굴이 담겨 있다. 내 얼굴이다. 배를 타기 전 사내아이가 나를 보며 환하게 웃던 이유를 비로소 알게 된다. 사진이 담긴 접시를 내밀며 아이는 6달러를 요구한다. 관심을 보이지 않자 이번에는 "아줌마 사랑해요!"를 외치며 따라붙는다. 1달러를 주고 말까 망설이다 그냥 지나친다. 버스가 출발하면서부터 후회는 시작된다. 그 일은 가시가 되어 종일 마음을 불편하게 한다.

호텔로 돌아와 샤워를 한다. 현지인들에겐 피와 다름없을 맑은 물이 욕실 바닥으로 철철 흘러넘친다. 호수의 흙탕물 속에서 수영을 하던 어린 소년을 떠올린다. 똑같은 사람인데 이 엄청난 생존조건의 간격은 무엇 때문인가. 시기나 우연, 운명이란 말로 설명하기엔 너무 가혹해 보인다.

그렇다면 선진문명의 과분한 혜택을 누리고 있는 나는 행복한가. 거울 속의 내 모습을 들여다본다. 생기 없이 욕구불만에 가득 찬 얼굴. 거기, 더 이상 가난할 수 없는 톤레삽 사람들의 밝고 낙천적인 얼굴이 겹친다. 적어도 그들보다 많이 가진 자로서 나는 분명 행복해야 맞다. 그러나 내 얼굴은 결코 만족한 자의 표정이 아니다. 이 무슨 모순인가.

목숨을 부지하는 일은 어디서나 절실하고 뜨거운 것. 수상가옥 촌에도 꽃은 피고 아이들은 자란다. 건기를 견디느라 구부러지고 휘어지면서도 끈질기게 뿌리를 깊은 땅속으로 뻗어가는 맹그로브처럼 그들의 생명력은 강인하다. 1달러에 목을 매고 저무는 날이

절반인 생활 속에서도 웃음을 잃지 않는 톤레삽 사람들. 결국 행복
은, 생존 조건보다 마음 상태와 더 관련이 있는 것임을 깨닫는다.
정작 가난한 사람은 저들이 아니라 만족할 줄 모르는 가슴을 가진
내가 아닌지.

메멘토 모리

　병수네는 우리 집과 제일 가까운 이웃이었다. 나와 동갑내기였던 병수는 순해서 여자아이들과도 곧잘 어울려 놀았다. 마을 사람들은 병수 엄마를 소 같은 여자라고 불렀다. 아이를 낳던 그 날로 몸을 떨치고 일어나 콩 타작을 하는 걸 보고 누가 지어준 별명이었다.

　병수아버지는 허구한 날 방안에 들어앉아 숨이 끊어질 듯 기침을 해댔다. 종종 가래를 내뱉는 소리가 우리 집에까지 들려왔다. 마을 사람들은 폐병쟁이라고 그 집에 가는 것을 꺼려했다. 언제나 퀭한 눈을 하고 밤낮으로 기침을 해대던 병수 아버지는 이듬해 봄 끝내 숨을 거두고 말았다.

　병수엄마는 젖먹이아이를 업고 상여를 뒤따르며 꺼이꺼이 울었다. 나는 땟국이 얼룩진 손으로 눈물을 닦아가며 멀찌감치 그 행렬을 뒤쫓았다. 분홍 나일론 블라우스에 빛 바랜 검정치마를 입은 단

발머리 소녀, 그때 나는 일곱 살 철부지였다. 죽음이 무엇인지 알 턱이 없었지만 자꾸 코끝이 시리면서 눈물이 났다

무덤을 치는 삽질 소리가 텅텅, 산골 마을을 휘돌고, 젊은 여인의 애끓는 곡성이 간헐적으로 울려 퍼졌다. 사람들은 봉분을 만들던 삽을 내려놓고 늦은 점심을 먹었다. 아무 일도 없었다는 듯 콩나물 국에 밥을 말아 한 대접씩 먹으며 봄농사 이야기를 주고받았다.

어린 아기는 젖이 나오지 않는 젖꼭지를 물고 칭얼대고, 병수는 부황 든 얼굴로 망연자실 먼 산만 바라보는 어미 옆에서 눈물을 찔끔거렸다. 사람들은 더 이상 죽은 자에 대한 이야기를 하지 않았다. 사월이 되어도 풀리지 않는 날씨와 갈수록 어려워지는 살림살이를 걱정했다. 뒷산이 진달래꽃빛으로 붉디붉은 봄날이었다.

지난가을 지인을 따라 벽제 화장터에 갔을 때였다. 넓은 마당은 이른 아침부터 사람들을 싣고 온 대형버스와 승용차들로 초만원이었다. 유골함을 가슴에 안은 채 서둘러 나오는 상주들 사이를 비집고 또 다른 관들이 줄을 지어 화장터로 들어갔다. 유족들은 번호표를 받아들고 대기실에서 차례를 기다렸다. 전광판에선 화장의 시작과 종료를 알리는 불빛이 연방 깜박였다. 사람들은 주문을 외듯 죽은 자를 위한 기도를 하거나 찬송가를 불렀다. 열차 대합실에서 울려오는 듯한 안내 멘트에 잡담과 흐느낌이 뒤섞여 들렸다. 삶과 죽음의 경계를 모호하게 만드는 희극의 한 장면처럼 혼란스러웠다. 마침내 3호실 화로의 불이 꺼지고 관망실 안의 인부가 물었다.

"기계로 곱게 빻아 드릴까요?" 상주는 말없이 고갤 끄덕였다.

눈물은 내려오고 밥숟가락은 올라가는 것. 상주는 유골함을 옆에 놓고 밥을 우물거리다 어깨를 들먹거렸다. 뜨거운 눈물이 설렁탕 국물에 섞였다. 자다 돌아가셨으니 그만한 복도 없다고 손님들은 상주를 위로했다. 평생 어미의 가슴에 못질을 했던 중년의 아들은 차마 소리 내어 울지도 못하고 고개를 떨어뜨렸다. 사람들은 설렁탕으로 늦은 점심을 먹으며 치솟는 유가와 금융공황을 화제에 올렸다. 어떤 이는 설렁탕 국물의 진위를 염려하며 건더기만 건져 먹었고, 또 어떤 이는 급락이 심한 주가 때문에 낭패를 보았다며 죽을상을 지었다.

나는 생각 없이 뚝배기의 설렁탕을 다 비웠다. 돌아갈 길을 걱정하며 뻣뻣해 오는 뒷목을 주물렀다. 화장터의 공기는 코와 목이 따가울 정도로 매캐했다. 문득 사람을 불구덩이에 넣고 아무 일도 아닌 듯이 밥을 먹고 일상을 걱정하는 내 모습 속에서 일곱 살 때 보았던 장례 풍경이 떠올랐다. 사람을 땅속에 묻고 한 사발씩 밥을 먹으며 무심하게 농사 이야기를 주고받던 사람들. 어느새 나도 그런 어른이 되어 있었다.

쉰에 접어들며 부쩍 부음을 받는 일이 잦아졌다. 생각해보면 죽음은 늘 그렇게 삶과 동거 중이긴 했다. 죽음이 코앞에 닥쳐서야 사람들은 그 사실을 깨닫는다. 어쩌면 죽음을 실감하는 일은 영원히 산 자의 몫이 아닌지도 모른다. 그럼에도 돌이킬 수 없는 생명의 일회성이 가져다주는 적막감은 감당하기 힘들다. 모두가 예외 없이 죽는다는 보편적 종말도 나의 죽음을 위로할 수는 없기 때문이리라. 죽음은 살아 있는 인간의 언어와 사유가 감당할 수 있는 범위를 넘어서는 불가피성의 문제이므로.

그러나 숨을 쉰다고 살아 있는 것이랴. 죽는 일은 두렵지만 죽음과 구분되지 않는 일상의 삶은 더 두려워해야 할 일이 아닐까. 내가 극복해야 할 대상은 죽음이 아니라 일상 속에 죽어 있는 자신을 일깨우는 일이다. 치열한 일상으로 살아 있음에 값하라. 그것이 죽음이 우리에게 주는 경고(memento mori)가 아닐는지.

늦바람

노인학교에서 자원봉사로 한글을 가르치고 있는 이 선생을 만났
다. 그녀가 맡고 있는 한글반 학생 수는 모두 스무 명이었다. 평균
연령은 68세. 교사 경력 수십 년에 그토록 열성적인 학생들을 가르
쳐보긴 처음이라고 했다. 그 어떤 사정으로도 결석을 하거나 조는
법이 없다는 것이었다. 우열을 가릴 수 없이 치열한 늦깎이 학생들
에 대한 그녀의 이야기는 자못 감동적이었다.

맹순 씨는 한글 수업을 빼먹고 놀러온 것이 영 속이 쓰렸다. 까막
눈. 예순여섯이 되도록 풀지 못하던 한이었다. 지난봄 군청에서 무
료로 한글교육을 해준다는 말을 듣고 귀가 번쩍 띄었다. 이번엔 무
슨 일이 있어도 한글을 깨치고 말리라. 태어나 처음 자기를 위해 먹
은 마음이었다. 막 한글을 깨치는 재미를 알아가던 참이었다.
모처럼의 가족 나들이에 맛난 것도 먹고, 경치 좋은 곳에서 팔자

에 없는 낮잠을 즐겨도 세상 즐겁지가 않았다. 하루만 걸러도 다음 날 수업을 쫓아가기가 어려웠다. 이틀씩이나 수업을 빼먹는다면 받아쓰기는 빵점을 맞을지도 모르는 일이었다. 이에 생각이 미치자 맹순 씨는 가슴에서 불이 치미는 것 같았다.

저녁 무렵 자식들에게만 넌지시 귀띔을 하고 휭허케 집으로 달려갔다. 다음날 맹순 씨는 오전 수업을 마치고 다시 여행지로 돌아갔다. 이튿날이 되어서야 사정을 안 영감님은 "늦바람이 난 게야." 하며 너털웃음을 터뜨렸다.

매주 금요일은 일기 검사가 있는 날이었다. 간난할머니의 첫 일기는 "오늘은 콩밭을 맸다."라는 단 한 줄이었다. 한 달쯤 지나 할머니의 일기는 이렇게 달라져 있었다. "오늘은 이웃에 사는 창덕에미가 바지락을 캐 가지고 오다 뒷빠꾸 하던 차에 치여 죽었다. 지지리 고생만하다 억울하게 죽었다. 종일 가슴이 아팠다." 훨씬 길어진 문장에 감정까지 표현하고 있었다.

맹순 씨의 일기는 이랬다. "제아무리 좋은 데로 소풍을 가면 뭐혀. 한글공부가 자꾸 눈앞에 어른거리는 걸. 난 노는 것보다 공부가 더 좋다." 그런가 하면 이런 내용의 일기도 있었다. "선생님이 설명을 하다가 음, 하면 혹시 그 소리에 다른 뜨시 있나 싶어 물어보았다. 선생은 말이 얼릉 생각 안 날 때 부치는 군소리라고 혔다. 내가 가끔 거시기, 하고 쓰는 말과 같다는 것이다. 챙피했다."

띄어쓰기와 맞춤법은 정확하지 않았지만 충분히 의사가 전달될 수 있는 훌륭한 문장들이었다. 선생은 감격하여 아낌없이 칭찬을 했다. 할머니들은 저마다 가슴이 뿌듯하여 돌아갔다. 자기 생각을 글로 표현할 수 있다는 것이 놀랍고 신기하기만 했다. 눈이 훤히 열려 다른 세상을 보는 느낌이었다.

육 개월 과정의 일학년 일학기 수업이 끝나고 수료증이 주어졌다. 수료증을 가슴에 안은 할머니들은 하나같이 눈물을 글썽거렸다. 간난할머니는 아버지를 불러가며 울음을 터뜨렸다. 이 선생은 덩달아 눈시울이 붉어졌다. 사실은 너무나 힘에 부치던 일이었다. 연세가 지긋하다보니 귀가 어두운 분들이 많아 두 시간씩 목청을 돋우다보면 탈진될 때두 있었다. 이번 학기만 버텨보자 그런 마음도 없지 않았었다. 그러나 시간이 흐를수록 할머니들의 열의를 보면서 이 선생도 보람 속에 의욕을 되찾았다. 때론 고맙다고 호박이나 감자, 떡, 과일을 한아름씩 안겨주기도 했다. 학기말 무렵엔 친정어머니처럼 흠뻑 정이 들어 있었다.

그런데 최근 군청의 조직 개편이 급작스럽게 이루어지면서 사무실이 더 필요하게 되었고, 복지관 건물에 있던 할머니들의 공부방을 비우기로 결정했다는 연락이 왔다. 할머니들은 눈물을 흘리며 하소연했다. "옛날에는 아부지가 일 때문에 공부를 못하게 하더니, 이젠 군청에서 우릴 막네유. 워치게 시작한 공분데유. 절대 못 비워줘유!" 군청 직원들은 난감했다. 전혀 예상치 못한 반응이었다.

이 선생은 군청 직원들에게 일주일간의 말미를 달라고 요청했다. 그리고 반드시 할머니들이 다시 들어가 공부할 수 있는 교실을 확보해 달라고 부탁했다. 군청에선 난색을 표했다. 적잖은 재정문

제 때문이었다. 대답이 불분명하자 할머니들은 절대 교실을 내어
줄 수 없다며 완강하게 버텼다. 당장 그 이튿날로 사무실을 옮겨
업무를 봐야 하는 군청 입장에선 할머니들의 요구가 난감하기만
했다. 선생은 정중하게 "내일 당장은 어렵다, 먼저 할머니들 공부
방을 마련해주겠다는 약속을 문서로 작성해주면 내가 어떻게든 설
득해보겠다."며 되레 군청 직원들을 설득했다. 그러면서 한 마디
간곡하게 덧붙였다.

"딱 하루만 와서 이분들 공부하는 모습을 지켜봐 주십시오. 지금
처럼 내일 당장 교실을 비워달란 소리는 절대 못하실 겁니다."

이튿날 군청에서 할머니들의 요구대로 하겠다는 연락이 왔다.
늦깎이 학생들의 뜨거운 늦바람의 승리였다.

칠순에 이르도록 포기할 수 없었던 배움의 욕망이 마침내 그녀
들로 하여금 오랜 까막눈의 설움을 벗어나게 만든 것이다. 그녀들
에게 읽기, 쓰기는 보고 말하는 것과 똑같이 절실한 문제였으리라.
고된 농사일과 휘어지는 허리, 쏟아지는 잠, 한 줄을 읽고 한 줄을
잊어버리는 기억의 쇠퇴 속에서도 끝내 놓을 수 없었던 한글공부.
부디 아름다운 늦바람이 그녀들의 남은 생을 다시 한번 꽃피우게
되기를 빈다.

서로 이웃

"첨엔 허구한 날 죽구싶단 소릴 허드라구. 사람 목숨 끊는 게 어디 그리 쉬운감. 내 보기엔 암만 해두 사람 정이 그리웠던 게야."

희붐하게 날이 밝아오고 있었다. 잠이 채 가시지 않은 귓가로 친정엄마의 이야기가 자분자분 이어졌다.

육 개월 전, 백발의 노인과 중년의 남자가 방을 얻으러 왔다. 보증금 삼백에 월 이십여만 원을 내야 하는 셋방이었다. 남자는 방을 계약한 뒤 한번도 모습을 보이지 않았다. 석 달이 지나도록 할머니는 방세는커녕 얼마 안 되는 세금마저 내지 않았다. 친정엄마는 은근히 불안했다. 노부모에게 달랑 방만 얻어주고 그 후로는 그림자도 비치지 않는 자식들 이야기를 많이 들어온 터였다. 하루는 막연히 기다리고 있을 수만은 없어서 키우던 화분 하나를 들고 할머니를 찾았다.

할머니는 제대로 얼굴을 들지도 못한 채 친정엄마를 맞았다.

"미안해요. 아들이 곧 돈을 마련해가지고 온댔어요. 어렵겠지만 며칠만 더 기다려줘요."

묻기도 전에 할머니는 어려운 사정을 털어놓으며 볼 낯이 없다는 듯 고개를 떨어뜨렸다. 친정엄마는 대답 대신 가지고 간 화분을 내밀었다.

"꽃이 아주 볼 만해요. 물만 주믄 잘 자라요. 집에서 키우던 건데 가지를 많이 쳐서 좀 나눠 갖고 왔어요."

할머니는 눈물이 그렁한 눈으로 꽃을 받아들었다.

다음날 아침 친정엄마는 일찌감치 일어나 찻물을 올려놓고 수시로 아래층을 살폈다. 사람 그림자가 어른거리자 소리쳐 할머니를 불렀다.

"아주머이, 커피 마시러 와요."

설탕을 듬뿍 넣은 커피를 내밀며 친정엄마는 조심스럽게 자손은 몇이나 두었느냐고 물었다. 할머니는 긴 숨을 몰아쉬더니 영감님은 사업실패 후 병을 얻어 이십 년 전에 돌아가셨고, 하나뿐인 딸은 이혼하여 혼자 병치레 중이라고 했다. 처음 함께 방을 얻으러 온 남자는 수양아들인데, 그 아들마저 실직 상태여서 할머니를 제대로 돌볼 형편이 안 된다는 것이었다.

"내 나이 구십이에요. 너무 오래 살았지요. 눈곱만큼도 더 살고 싶은 맘 없어요. 매일 아침 눈뜨면 왜 안 죽었나 싶어요. 목숨이 아까워서가 아니라 자식들 못할 일 시킬까봐 맘대로 죽지도 못해요. 하루하루 사는 게 너무 구차스럽네요."

그리고 며칠 후였다. 할머니는 아들과 함께 환한 얼굴로 친정엄마를 찾았다. 남자는 밀린 석 달치 방세를 한꺼번에 내놓았다. 수양아들의 사정을 알게 된 친정엄마는 그 마음씀이 여간 고맙지 않았다. 분주하게 다과상을 차려 모자를 대접했다. 정중하게 커피 잔을 받아든 아들은 슬그머니 할머니에 관한 자랑을 쏟아놓았다. 그 옛날에 동경 유학까지 다녀온 재원이며, 사업 실패로 몰락하기 전까지 세상에 부러울 것 없이 살았다고 했다. 지금도 삼 개 국어를 유창하게 구사할 수 있으며 붓글씨도 보통의 솜씨가 아니라는 것이었다. 노인은 머리를 흔들며 아들의 말을 가로막았다.

친정엄마는 잘 나갈 때 땅마지기라도 사두지 그랬냐며 안타깝다는 듯 혀를 찼다. 할머니는 한숨을 쉬며 대답했다.

"내내 그렇게 살 줄 알았지요. 어려서부터 고생이라곤 모르고 컸어요. 인생살이에 그런 준비가 필요하다는 생각조차 못하고 살았지요. 이제와 삼 개 국어가 다 무슨 소용이요. 밥 한술 못 벌어 오는 무용지물인 걸. 아들 앞에 몹쓸 소리인 줄 알지만 그저 하루라도 빨리 영감 따라 가는 것이 소원이라우."

그 후 친정엄마는 부지런히 할머니 집을 드나들었다. 수십 가지나 되는 화초를 한 줄기씩 살림을 내어 할머니에게 갖다 주었다. 늘 기운이 없다고 누워 있던 할머니는 화초에 물주는 일로 하루 일과를 시작하면서 활기를 되찾는 듯싶었다. 감자를 쪘다고, 수박을 나눠먹는다고 오르락내리락 하는 동안 두 노인은 하루라도 얼굴을 보지 않으면 궁금해지는 사이가 되었다. 종일 주고받는 말이래야

"오늘 저 아이가 또 꽃을 피웠어요."라든가 "밥 잘 챙겨 드슈." 혹은 "계단을 오를 때 발 조심해요."와 같은 사소하고 반복적인 것들이 었다.

어느 날 할머니는 친정어머니에게 속내를 털어놓았다.

"처음엔 마지못해 화분을 받아들였다오. 내 한 몸 건사하는 것도 힘에 겨워서였지. 그냥 내버려둘 수는 없고 말라죽지 않을 만큼만 물을 줬어요. 그런데 날이 갈수록 잎이 자라고 꽃이 피는 녀석들을 보면서 주는 기쁨이 뭔지 알겠습디다. 내 이 나이 되도록 살아 있는 것도 사랑하는 이들의 관심과 보살핌 덕이겠구나, 새삼 고마운 생각이 듭디다. 망구가 분수도 모르고 끊임없이 받기만 바랐으니 서운할 밖에. 잘 나가던 옛날 생각에 얽매여 한탄만 하고 살았으니 헛산 게지. 말 못하는 화초가 내게 한 수 가르쳐준 셈이요. 욕심을 버리고 나니 자식들과도 많이 편해졌다오. 꽃이 필 때마다 절로 쥔 아줌마 얼굴이 떠오릅디다."

이야기를 마친 친정엄마의 얼굴에 화색이 돌았다. 함께 늙어가며 측은지심으로 보듬어 안은 두 여인의 정이 물결처럼 잔잔하게 가슴에 와 닿았다.

사람은 "들풀처럼 섞여 있으면서도 저 홀로 외로운 존재"라 했던가. 단순히 함께 있음과는 다른 의미의 관계를 갈망한다. 나이 들어가며 그 필요는 더욱 절실해진다. 그 욕구가 채워지지 않을 때 사람들은 삶의 활기를 잃고 햇빛과 물을 얻지 못한 식물처럼 시들어간다. 화초를 키우며 친정엄마는 그 사실을 더욱 깊이 이해했는지도 모른다. 배고픔 못지않게 견디기 어려운 게 무관심 아니던가. 어쩌다 사정이 생겨 소홀히 하면 화초들은 영락없이 시름시름 앓는다. 각별히 관심을 기울이고 보살핀 녀석들은 소담스럽게 꽃을 피워서 보답을 한다.

어쩌면 친정엄마 역시 정을 붙이고 싶어 화초를 핑계 삼아 할머니 집을 드나들었는지도 모른다. 줄창 죽고 싶단 말을 입에 달고 살던 할머니도 언제부터인가 그 말을 입 밖에 내지 않는다고 한다. 두 여인이 나눈 것이 비단 화초뿐이었을까.

한정리 사람들

최 씨네 목장으로 놀러 오라는 초대를 받았다. 이스라엘 유적지를 촬영해온 비디오를 보러 오라고 가까운 사람들을 초대한 모양이었다. 말을 전하던 김 씨는 이런 기회는 다시없다며 무슨 행사 광고라도 하듯 목청을 높였다. 나는 비디오는 뒷전이고 사람들이 좋아 따라 나섰다.

함께 차를 타고 가기 위해 세탁소를 운영하는 박 씨네로 모였다. 부인에 의하면 그 차는 남편이 애마처럼 아끼는 것이라 했다. 시동을 걸자 요란한 진동과 함께 쿨럭쿨럭 소리를 내면서 앞으로 나갔다. 언덕에선 숨이 턱에 차는 듯 주춤주춤하더니 시동이 꺼졌다. 윗마을 가 씨 아주머니와 건넛마을 문 씨 아주머니 댁 식구들까지 태우느라 승차 인원을 넘긴 것이 늙은 애마에게 무리가 된 모양이었다.

한정리 최 씨네로 가는 길은 비포장이었다. 차가 겨우 엇비껴 갈

수 있을 정도로 길은 좁고 울퉁불퉁했다. 가로등도 없는 캄캄한 들길을 헤드라이트만 의지하고 달리자니 영락없이 곡예를 하는 기분이었다. 엉덩이를 의자에 걸친 듯 만 듯 앉은 데다 온통 몸이 앞으로 쏠려서 불편하기 짝이 없었다. 옆에 앉은 두 아주머니는 그런 것쯤은 아무 일도 아니라는 듯 모 심은 이야기를 하느라 정신이 없었다. 종일 찬물에 발을 담그고 일을 한 탓인지 온몸이 욱신거리고 몰매 맞은 듯이 무겁다고 했다.

문 씨 아주머니는 얼마 안 되는 밭뙈기 농사마저 그만두어야 할 징도로 심힌 허리 디스크를 앓고 있었다. 그녀는 지난해 베트남에서 시집온 며느리의 출산을 걱정했다. 산달은 다가오는데 만만치 않은 병원비에다 이것저것 장만할 일이 큰 걱정이라며 한숨을 쉬었다. 날품을 팔러 다니는 아들은 일이 들쑥날쑥해서 그달 그달 생활하기도 빠듯하다고 했다.

가 씨 아주머니는 비료값이며 인건비가 너무 올라 농사를 지어도 남는 게 없으니 앞으로 어떻게 해야 할지 모르겠다며 마주 한숨을 토했다. 그렇다고 두 노인네 힘만으로 농사를 짓는 것은 너무 버거운 일이었다. 논을 묵힐 수도 없고 팔자니 토지거래 제한에 묶여 이러지도 저러지도 못하는 형편이라고 했다. 안타까운 농촌의 현실이 고스란히 전해져 왔다. 그런 그들을 무슨 말로 위로하랴.

작년 가을이었다. 농협 넓은 마당에 하얀 쌀이 수북하게 쏟아졌다. 쌀 수입을 반대하는 농민들의 시위었다. 농부에게 쌀 한 톨은 피같이 소중한 것이었다. 그 쌀이 마당에 버려져 짓밟혔다. 쌀 수

입을 반대하는 현수막이 마을회관마다 내걸리고, 붉은 띠를 머리에 두른 농부들이 트럭을 타고 서울로 올라갔다. 서울 진입을 막기 위해 전경들은 농부들과 도로에서 대치했다. 마을 사람들은 가슴을 조이며 지켜보았지만 결국 쌀 수입은 현실화되고 말았다.

이런저런 생각으로 머리가 무거운데 어디선가 쇠똥 냄새가 진하게 풍겨왔다. 목장에 도착한 모양이었다. 최 씨 집 이층 마루는 먼저 온 동네 사람들로 북적거렸다. 차를 운전해 간 경미 아빠가 아이스크림을 한 보따리 풀어 하나씩 손에 들려주었다. 주인집 할머니는 구부정한 허리로 호박고구마와 과자를 내왔다.

왁자지껄 인사가 끝나고 비디오테이프가 돌아가기 시작했다. 얼마 동안은 사람들의 시선이 텔레비전 화면에 고정되어 있는 듯했다. 그러나 이내 고개를 끄떡이며 조는 사람들이 늘어갔다. 아예 의자에 반쯤 누운 자세로 잠을 청하는 사람도 있었다. 그도 그럴 것이 가장 일손이 바쁜 농번기였던 것이다.

한정리에는 땅값이 올라 부자가 된 사람도 더러 있지만 호락질하며 근근이 살아가는 원주민들이 더 많았다. 그들은 대부분 노인들이고 어스름 새벽에 일어나 땅거미가 지도록 일했다. 그렇게 얻은 수확으로도 한 해를 살아내는 일은 늘 힘겨웠다. 그러나 그들에겐 고구마 하나를 쪄놓고도 이웃을 청하는 소박한 인정과, 초상이 나면 한마음으로 달려가 내 일처럼 살펴주는 의리가 있었다. 자고 나면 천 단위로 오르는 아파트 이야기나 곁고들다 생기는 우울증, 군중 속의 고독은 그들과는 거리가 먼 이야기였다.

비디오는 두 시간이 꽉 차게 상영되었다. 사람들은 자리를 떠나지 못한 채 꾸벅였다. 그러다 집주인 최 씨의 끝났다는 말을 듣자마자 허리를 펴며 일어섰다. 자신들을 초대한 사람에게 보인 최대한의 성의였으리라. 주인댁 할머니는 농사를 짓지 않는 몇 사람을 위해 미리 뜯어다 놓은 상추를 한 봉지씩 손에 들려주었다.

나는 비디오를 보는 일에는 그다지 관심이 없었다. 사람냄새나는 그 어울림이 좋아서 덩달아 나섰을 뿐이었다. 더불어 사는 것이 무엇인지 아는 한정리 사람들, 그들에겐 한가족 같은 편안함이 있었디. 농사를 짓듯 자기들의 삶과 이웃 간의 관계를 우직하게 일구며 자연과 조화를 이루는 일상. 삶의 진정성이란 이런 것이 아닐까 싶었다.

돌아오는 길, 모를 낸 논에선 개구리 울음소리가 한창이었다. 그래, 더도 덜도 말고 땀 흘려 일한 만큼 수고의 대가를 누리게 해 달라고, 올해는 쌀농사 때문에 아버지와 아들이 방패를 사이에 두고 마주보는 불행한 일만큼은 생기지 않게 해 달라고, 그들도 그렇게 밤새 기도하는 건 아닐까 싶었다.

사소한, 그러나 결코 사소하지 않은 일상의 무게
— 노혜숙의 수필 읽기

채 환

1.

노혜숙은 타고난 글쟁이다. 그의 글은 일상의 사소한 기록물처럼 보이지만, 내면에서 들끓는 문학에 대한 천진한 욕망의 소산이다. 문학은 삶의 기록이고, 삶은 욕망이 점철된 자취이며, 따라서 모든 예술이 그렇듯이 문학은 욕망 그 자체일 것이다. 노혜숙의 욕망은 문학에 대한 그리움, 삶에 대한 진지한 사유가 출발이다.

노혜숙의 수필에는 관음觀音의 울림 같은 깊이와 잔잔한 감동이 물결치는 너비를 지녔다. 그런 깊이와 너비는 작가적 위치, 즉 자신이 세워야 할 수필문학의 높이도 키웠다. 수필가 노혜숙이 인천문화재단 시행 2009년도 '창작 과정 및 발표 지원' 공모에서 당당히 뽑힌 것은 그의 노력이 결실을 맺은 작은 성과일 것이다.

그에게 있어 수필은 세상과 소통하는 작은 창이다. 지면을 통해 발표했던 작품뿐 아니라, 개인 블로그에 올린 글들은 작가가 세상을 향해 두드리는 일종의 신호이자 메시지다. 그것이 어떤 장르의 성격이든 중요하지 않다. 누군가 자신의 글을 읽고 본다는 게 더 중요했다. 현대의 새로운 글쓰기 방식인 하이퍼텍스트라는 비선형적 구조를 지닌 쌍방소통의 글쓰기가 보편화되면서, 노혜숙은 자신의 문학적 잠재를 일깨우는 데 성공한다.

그의 블로그에는 마치 소금창고의 천일염처럼 천연의 진짜배기들이 그득하다. 소금밭의 염부마냥 땡볕에서 저 혼자 땀을 뻘뻘 흘리며 소금을 일구는 대신 글을 짓고 문학을 일궈냈다. 하지만 무엇을 짓고 일구는 그의 노동은 염전의 일꾼들과 다른, 고통스럽지만 고통을 초월한 그 무엇이었다. 꿈을 꾼다는 것, 작가들은 그 꿈의 세계로 초대받은 나그네들이다.

> 나는 늦은 오후 햇살을 등에 받으며 곰소만으로 갈 것이다. 염전에 지는 노을을 보면서 맨몸으로 흔들리는 억새처럼 바람 속에 있을 것이다. 감히 염전에 서늘히 누운 소금이 되기를 꿈꾸지 않으리라. 순백의 결정을 만들어가는 고난의 과정에 발 디딜 용기가 내겐 없다. 오로지 짜고 쓴 맛이 되어 다른 것의 삶을 보존하는 저 살신殺身의 덕을 담아내기엔 내 속이 너무 옹졸하다.
>
> ― 〈나를 꿈꾸게 하는 것들〉 중에서, '곰소만'

노혜숙이 ≪수필과비평≫을 통해 등단한 작가라는 사실을 알고 있었지만, 필자가 그의 엽편수필*, '곰소만'을 읽었을 때, 비로소 '아, 이 사람이 진짜 수필 쓰는 사람'이 맞구나 생각했다. 작가는 글에서 염전밭에 서늘하게 누워있는 소금되기를 꿈꾸지 않는다 했고, 그 결정을 만들어 가는 지난한 과정에 발 디딜 용기가 나지 않으며, 땡볕에 몸을 태워 마침내 완성된 삶을 이룬 소금처럼 살신殺身의 덕을 담아낼 속도 지니지도 못했다고 탄식한다. 필자는 '덕을 담아낼 속'을 지니지 못했다고 고백하는 작가에게서 고뇌하는 한 인간의 모습을 보았고, 자연 앞에서 고개 숙이는 한 작가의 진실한 태도를 볼 수 있었다. 작가란 자기 자신을 드러내는 것보다 행간에 숨어 낮은 자세로, 은은한 숨결로 독자를 만나야만 한다. '곰소만'은 작가가 염전 앞에서 자신에게 타자암시他者暗示를 한 것이다. 바로 작가 자신이겠지만 화자話者로서, 언어라는 기호를 통해 자기암시를 한 것, 즉 노혜숙이 노혜숙에게 말을 건 것이다. 자타가 혼연한, 이 특이한 읊조림이 그가 쓰는 수필 문체의 핵심이다.

작가는 왜, 그곳에 간다고 했을까? 가보니 세상사 다 같은 이치며, 쉬운 일이 없다는 것을 알았을 테다. 작가들이란 그런 사람들이다. 생각 속에 살다 현실 밖으로 뛰쳐나가보면, 일상이란 생각만큼 그리 만만하지 않다는 것을 곧 알게 된다. 그렇다고 무위無爲가 무량無量일 순 없다. 끝간 데 없고 헤아릴 수 없는 곳으로 무작정

* 엽편(잎사귀)소설에서 따온 말이다. 수필적 형식을 취하고 있으나 시나 소설은 아니고 짧은 수필을 뜻한다.

떠도는 길이 작가들의 습벽習癖이자 구도다. 소금으로부터 소금의 덕을 깨닫고 인간의 도를 구하는 작가의 소박한 정신이 담긴 이 짧은 글에서 그가 걸어가는, 무량한 수필의 세계를 엿볼 수 있었다.

부드러운 문장과 날이 제법 선 문체, 흐트러짐 없는 구성, 정연한 논리 등 수필이 갖추어야 할 격식이 반듯하고, 수필적 문장을 그럴듯하게 구사하는 작가로서, 그가 이웃하고 있다는 사실이 그저 반가웠다. 통성명을 하는 때에, 그가 내게 말했다. "저는 변두리 수필가입니다." 서울을 떠나 남편의 부임지인 서산에 살고 있으니 그리 말하는 것이지, 중앙의 수필마당에서 아직은 잘 알려지지 않은 신인작가라는 말인지 알 도리가 없었다. 하지만 어디에서 사는가는 중요하지 않고, '어떻게 사는가,' 또 '무엇을 쓰고 있는가,' 가 더 중요하지 않을까 해서, "계시는 곳이 세상의 중심이자 당신의 요처입니다."라고 치켜세웠다. 그때, '수필은 당신에게 무엇입니까?' 묻고 싶었지만 묻지 못했고, 지금 생각해보니 그건 필자가 그의 글에서 찾아야 할 탐험이 되고 말았다.

2.

일상은 언제나 무료하고 사소한 것들의 채워짐일 것이다. 시간의 노예가 되어야 하는 현대의 삶은 무척 단조롭고 무기력하다. 이 사소한 일상의 세계에서 벗어날 용기와 의지는 언제나 미약하다. 예술은 예술가들에게 강요하지 않지만, 일상으로부터 탈출하여 비범한 것들의 위대함을 찾도록 욕망하게 한다. 하지만 일탈이 아니라, 오히려 일상 속에서 사소함으로부터 욕망하게 됨으로써 삶과 유리되지 않은 진실한 작품을 생산하기도 한다. 욕망은 작가를 키우고, 작가는 예술이 가리키는 곳에서 창조라는 위대한 작업을 한다. 창조란 세상의 중심에 서 있는 일이며, 중심에서 무언가 세우고 만들어보는 작업이다. 자신을 비롯한 모든 사람들이 자신이 이룬 창작물(작품)을 숭배하기를 은근히 바라는 자들이 작가들이다. 솔직히 그렇지 않은가? 모든 것이 무언가에 대한 숭배의 속성이 원천일지 모른다. 성취하고 싶고, 위대하고 싶고, 빛나고 싶은 욕심을 채우기 위하여 작가들은 노력하고 희생을 무릅쓴다. 그런데 이루고자 하는 목표 ― 작가들에겐 좋은 작품을 쓰는 일이겠지만- 의 시작은 언제나 사소한 일상으로부터 출발이다. 글에 대한 욕망이 깃들기 시작할 때, 작가는 이 멈출 수 없는 욕망의 노예가 되는 것이다.

삶이라는, 일상의 뿌리가 상상과 맞닿도록 쓰는 행위가 문학인데, 수필은 뻗어오름이 아니라 내면 깊숙이 침윤되어 가는, 그러니까 밖에서 안으로 새겨지면서 한 번 더 되새김질하는 문학적 장르라 해도 과언이 아니다. 하지만 '나의 어린 시절에, 학창 시절에, 연애 시절에, 또는 그 시절엔 그랬었지', 하며 과거를 회고하는 것이 수필의 전부라고 말하는 것은 옳지 않다. 현재의 일상은 사소하지만, 시간에 몸을 맡겨 이미 과거가 된, 추억하는 현재는 때때로 사소하지 않은 중요한 결정結晶으로 남기도 한다.

과거도 현재인 것이다. 다시 말해, 과거를 현재처럼 말할 줄 알아야 한다. 일상의 무게는 시간의 흐름에 따라 경중을 달리하지 않기 때문이다. 그러나 작가가 시간, 그 너머에 오랫동안 머무는 것은 위험한 일이다. 수필가들은 자신의 과거를 팔아 글을 쓰는 자들이 아니다. 비록 수필이 과거 지향적이라 하나, 과거 속에서 현재의 감성을 찾아야 한다. 텍스트 속에 허구라는 장치를 통해 자신의 과거를 은밀히 끼워 넣는, 소설적 꾸밈과 다르게 사실(fact)을 바탕으로 재해석하는 수필적 진술과는 구분되어야 할 것이다. 그리하여 단지 과거의 추억 언저리에 머물며 수필을 쓴다면 그 수필은 좋은 수필이라고 할 순 없겠다. 무엇보다 사소한 일상으로부터 건져 올릴 수 있는, 결코 사소하지 않은 무언가가 있어야 한다. 노혜숙 수필의 첫 번째 특징은 과거를 무리하게 꺼내 반추하기보다는 현재의 일상을 진지하게 기축基軸하면서 '이야기'와 '그것이 은유하고 있는 의미'*를 전달하려는 작가적 태도에 있다.

노혜숙은 규방과 가사 등 여성의 신변잡기를 뛰어넘는 수필을 쓰는 작가다. 사소한 일상이지만 결코 지나칠 수 없는 현재의 사건들, 그리고 주변 사람들의 이야기를 그러쥐고 엮어서 담담하게 들려주는 체화된 수필적 문체를 구사한다. 그가 지닌 언어적 코드에 접근이 용이한 이유는 이처럼 일상의 보편적 가치와 실제 삶과 유리되지 않는

---

* 현대 수필에서 수필적 이야기(story)와 메타포(metaphor)는 수필문학의 새로운 가능성을 열고 있다. 이야기 부재의 시대에서 수필적 이야기는 그 대안이 될 것이다.

수필적 미학을 추구하고 있기 때문이다. 그런 의미에서 노혜숙의 수필은 헤겔이 말한, '진실하기 때문에 아름답다.'는 관념론적인 인식이 짙다. 하지만 그의 글들은 사물이나 사건을 판단하기보다 있는 그대로의 현상을 보여주고 들려줌으로써 읽는 이가 금세 알아차리게 하고, 다시 인식하게 하는 의미의 통로(작가와 독자와의 소통의 수단)를 만드는 데 성공한다.

> 머리 손질이 거의 끝나가고 있었다. 마침내 여자의 눈에서 눈물이 흘러 내렸다. 동시에 드라이어를 쥔 그녀의 손이 아래로 축 늘어졌다. 얼마큼 살면 그렇게 될 수 있냐고, 그게 얼마나 쓸쓸한 일이냐고 소리쳤다. 바꿀 수 있는 물건이라면 당장이라도 바꿔보고 싶다고. 팔아버릴 수 있는 있는 거리면, 지금 당장 내다 팔고 새것을 구입하고 싶다고. 말은 그리 험하게 외쳐댔지만, 수수깡으로 칼부림하듯 공허하게 들렸다. "예끼, 이 사람아! 자기 남자를 파는 여자가 세상에 어디 있누? 나의 농담이 그녀의 입술을 활짝 열었다. 거울 속의 그녀와 다시 시선이 엉켰다. 웃고 있는 그녀를 보며 괜스레 내 마음이 시려왔다. 중년에 들어서서 마음으로 할 수 있는 일을 몸이 하지 않음은, 그만큼의 세월이 가르쳐준 지혜가 아닐는지.
> — 〈내 남자를 팝니다〉 중에서

수필 〈내 남자를 팝니다〉는 작가와 독자가 어떻게 소통해야 하고, 또 그 소통의 경로는 무엇인지 알기 쉽게 보여준 수작이라 할 수 있다. 머리 손질을 하러 간 미장원에서 작가는 결혼 7년차인 원장의 부부생활에 대한 이야기를 듣게 된다. 딱히 위기를 맞을 상대방 과

실은 없지만, 결혼 초와 다르게 서로가 전보다 많이 변했다는 것이
다. 남들 보기에는 지극히 사소해 보이는 이유 같지만 어쩌면 그것
의 시작이 사는 재미의 상실감을 낳게 하고 결혼에 대한 회의마저
들게 한다며, 원장은 재미없는 자신의 부부생활이 어느새 권태기에
이른 게 아니냐고 푸념을 털어놓는다. 남의 부부 이야기를 듣고 있
던 작가는 "무슨 재미로 사나 싶어요?" 라고 묻는 원장에게 비로소
자신의 이야기를 들려주게 된다. 아마도 내심 그랬을 것이다. 아니
그 정도 일로 호들갑이냐고. 마음은 그렇다 치고 행동으로 보여준
'내 남자' 이야기를 들려주게 된다.

　작가는 책상 정리를 하다 서랍 안쪽에서 남편이 은밀하게 감춘
일기장을 보게 되고, 그가 첫사랑을 만나고 온 사실마저 알게 된
다. 기절초풍할 노릇이었다. 남편이 보여준 뜻밖의 행동이 야속했
지만, 모두 지난 일이다, 라고 말하는 남편을 믿기로 한다. 남편 입
장에서 이해하다보니 남편을 한 남자로서, 한 인간으로서 연민했기
때문이다. 하지만 그 사건은 부부로서 함께 살아온 삶을 되돌아보
게 한다. 원장은 그런 행동까지 한 사람을 어떻게 용서할 수 있냐
고 하면서, 남편이라는 족속들을 싸잡아 "물건처럼 내다 팔 수만
있다면 팔고 싶다."라고 소리친다. 하지만 작가는 "내 남자를 파는
여자가 어디 있냐고" 원장의 말을 농담으로 받아치면서 에두른다.
남편을 상품화시키고자 천박하게 의도한 것이 아니라, 당연히 그래
서는 안 된다는 반어법의 위로일 테다. 그런데 이 작품에서 작가가
남편을 '내 남자'로 표현하고 있다는 것에 주목할 필요가 있다. 내

남자라는 의미 속에는 자신의 것이라는 소유의식과 그 소유한 것
에 대한 강한 신뢰가 곁들여 있고, 그 이면에는 내 것이기에 내 것
을 버릴 수도 있다는 무시무시한 암시가 들어있지 않나 추측해 본
다. 그래서 이 수필의 제목을 〈내 남자를 팝니다〉라고 정함으로써
작가의 의도를 강하고 어필하고 있는 것이다. 그러나 그뿐일 것이
다. 무엇의 버림보다는 삶의 지혜로 무장한 내공으로 거둠의 의지
가 더 강한 작가라는 사실을 글 속에서 확인할 수 있지 않는가.

　기존의 노혜숙 수필에는 다소 얌전하고 유약한 점이 많은데, 이
수필에서는 의미심장한 농담을 통해 보편적인 아내들의 막힌 속을
뻥 뚫어주는 듯 간을 쳤으니, 글맛이 제법 들어보였다. 이처럼 글
의 생명력은 작가의 문체에 따라 새롭게 인식되는데, 그것은 언제
나 기존의 수필적 형식이 아니라 다양한 방식의 언어구사를 주저
하지 않을 때 가능한 일이다. 아래 글에서처럼 '내면의 간절한 외
침' 같은 속삭임으로 독자를 사로잡는 것은 아닐까 생각한다.

　　겨울 동안 꽝꽝 얼어 있던 흙이 얼었다 녹았다 하면서 부드럽게
　얼크러지듯, 부부관계도 마찬가지 아니겠어. 안 싸우고 사는 부부가
　어디 있겠어. 싸우긴 싸우더라도 보기 좋게 두 사람 다 이기는 게
　중요하지. 지붕 샌다고 집을 버리고 떠날 수 없는 거잖아. 그렇다고
　자기 안의 화를 무조건 눌러두는 건 해롭겠지? 화는 자기를 보살펴
　달라는 내면의 간절한 외침이니까.

— 〈내 남자를 팝니다〉 중에서

사실문학인 수필은 시와 소설과 다르게 사실(fact)을 각색해서는 안 되고, 하물며 윤색하는 일도 매우 정교해야 한다. 이야기체의 수필은 더욱 까다로워서 어떤 이야기의 사실만을 전달해서는 글의 맛과 멋이 떨어지는 경우가 많다. 그리하여 사변수필처럼 작가의 생각과 주의가 뒤따라야 하는데, 사건과 사실을 두고 자기반성이라는 '성찰'과 마치 자신이 첫 번째로 생각해낸 '사유'인 것처럼 내세우는 수필만을 쓴다면 그것만큼 재미없는 글도 없을 것이다. 그럼 무엇을 써야 하는가? 그 모든 것이 균형 있게 어우러져 녹아있어야 한다. 그러니까 텍스트 속에 사건(story), 인물(personal character) 메시지(message)라는, 적어도 세 가지 나물이 잘 버무려져 있어야 한다. 아래 〈다북쑥〉은 이 세 가지 요건이 충실한, 일종의 나레이티브(narrative)가 강한 서사 수필로서 이야기를 들려주는 듯 다붓이 귀에 감긴다.

할머니의 아들은 마흔이 넘도록 장가를 들지 못했습니다. 홀어머니를 모시고 땅 한 뙈기 없이 남의 논밭이나 일구는 처지라 장가를 들지 못했습니다. 그러던 어느 날, 아들은 비슷한 나이의 여자를 중매로 만났습니다. 척추에 만곡이 두드러진 곱사등이었습니다. 마음씨 곱고 다른 질병이 없으니, 되었다고 아들은 결혼을 결정했습니다. 며느릿감을 본 할머니는 무척 서운했지만, 아들이 총각으로 늙어 죽는 것보다 낫다고 생각했는지 둘의 결혼을 승낙했습니다. 며느리는 기대 이상으로 살림도 알뜰살뜰 잘 꾸려나가고 노모를 지극정성으로 받들었습니다. 아들 부부는 씨마늘 같은 딸자식까지 얻자 살맛이 났습니다.

— 〈다북쑥〉 중에서

장자莊子 내편에 나오는 지리소支離疏는 턱이 배꼽에 묻히고, 어깨가 정수리보다 높으며, 상투가 하늘을 향하고, 내장이 위로 올라갔으며, 두 넓적다리가 옆구리에 닿는 꼽추를 뜻한다. 생겨먹은 모습이 지리멸렬하게 뒤죽박죽 생긴 엉성한 사람*도 비록 구차한 몸이지만 세상을 살아갈 수 있으며, 그것도 잘살아가니 사람으로 태어난 이상 허세를 부리지 않고 자유롭게 또 차분히 살아간다면, 이 '쓸모없음'의 삶도 덕행德行이라는 것이다. 우리가 어떻게, 어떤 모습으로 살든, 산다는 것이 모두 덕행일 것이다. 인간의 존재란 그런 것이다. 뭔가를 가져야만 하고, 가진 것을 또 누리고, 누린 것을 더욱 쌓아가려는 욕망 앞에서, 이처럼 인간의 존재감만으로 충분히 살아갈 수 있다는 것이 경이롭다.

그런데 외관이 누추한 꼽추 며느리는 단지 '덕이 꼽추인 사람'으로만 살지는 않았다. 혼기를 놓친 노총각과 결혼해서 그를 구제했고, 자식을 낳았으며, 구순의 노모를 정성껏 모시며 살았으니, 그녀는 인생의 바람을 타고 활기찬 삶을 산 것이다. 작가는 이 에피소드를 통해 노장의 철학을 주장하지 않는다. 인간의 진정한 아름다움이 미추에 있지 않다는 것쯤은 독자가 이미 간파했을 것이라는 치밀한 계산법이 깔려 있기 때문이다. 누구나 다 아는 이야기를 작가가 한 번 더 써먹는다면 그는 작가로서 창의가 없는 것이다. 하지만 독자들은 그의 작품이 그것에 닿아있다는 것을 힘들이지 않고 알게 된다.

---

* ≪장자≫, 오강남 풀이, 현암사, 1999년, 초판발행, 214쪽.

대문을 나서다가 문지방 틈바구니에 핀 노란 민들레를 하마터면
밟을 뻔합니다. 놀라 걸음을 피하는데 며느리가 한소리 합니다. '대
문턱에 거치적거리긴 혀두, 그리 살겠다고 꽃 피는 늠을 워칙헌대
유. 하필 거기다 자리를 잡았는지 모르겠슈. 지들두 뱄힐깨비 허구
헌 날 불안시럴 거구만유.'

꼽추 며느리의 본성이 도드라진 대사를 통해 작가는 그녀가 사
는 삶의 방편과 본질을 들려주는 수법을 써서 독자에게 감동을 선
사한다. 노혜숙의 수필은 독자들과 편한 수다떨기 식의 대화체와
마치 이야기를 들려주는 구연口演체의 문법이 특징이다. 마치 낡
애기하듯 말하면서 독자가 듣기 바라고, 나와 상관없지만 결국 우
리들의 이야기라는 주장을 소리 없이 전해준다. 수필에서 텍스트
속의 화자는 언제나 작가인 '나'와 일치하는데, 노혜숙의 수필 속
화자는 소설에서 말하는 3인칭 관찰자 입장에서 작가의 주관을 배
제하고 객관적인 태도로 일정한 거리를 유지한 채, 외부적인 사실
을 관찰하여 묘사 한다. 따라서 노혜숙의 수필에서는 텍스트 안에
관찰자인 1인칭 '나는'으로 시작하는 문장이 많지 않고, 주어를 생
략하거나 사건의 인물이나 사물이 주어인 경우가 많다. 이는 작가
가 소설적 문법을 차용했다는 증거이며, 현대수필에서 보여주고 있
는 새로운 전형이라 할 수 있다. 이러한 기법은 사건이나 상황을
생생하게 묘사할 수 있다는 장점이 있다.

① 소설의 틀과 의사소통의 구조는 실제작가→내포작가→화자
→이야기→피화자→내포독자→실제독자의 순이다. 반면 ② 수필

의 틀과 의사소통의 구조는 실제작가→이야기→실제독자 순이다. 소설의 복잡한 구조와 다르게 수필은 ② 와 같이 작가와 독자 간의 의사소통의 구조가 심플하다. 실제작가가 곧 내포작가이자 화자인 동시에 이야기의 핵심 등장인물로서 어떤 사실(또한 이야기)을 매개체로 독자와 직접적인 의사소통을 이룬다. 이처럼 간결한 수필 서사의 구조가 수필의 핵심적인 특질이며 현대수필이 오랫동안 견지해온 프레임이었다. 하지만 이러한 구조는 마치 액자 속에 그림처럼 매우 형식적이고 정형적이라서 이 틀에서 조금이라도 벗어난다면 그건 수필이 아니라 소설이라고 비판받아야 할지 모르겠다.

수필의 서사구조는 개인의 전기나 회고록처럼 어떤 사실(fact)적 이야기를 두고 독자와 직접 소통한다는 장점을 빼고는 구조적인 면에서 보이지 않는 룰에 따라야 한다. 이런 형식은 작가의 자유로운 표현을 억압하는 경우가 있다. 예컨대, 형식면에서는 원고지 12매 이내의 제한적 룰이 그것이고, 내용면에서는 타인의 이야기라도 작가를 통해, 혹은 작가자신의 생각을 거쳐야 한다는 것이다. 이러한 사고의 유통체계를 자기성찰이라고 하는데, 수필이 지녀야 할 가장 큰 덕목이라 하고 그것만으로도 좋은 수필이 될 수 있다고 주장한다.

하지만 수필은 이제 보여줘야 하고 들려줘야 하며 있는 그대로를 전달함으로써 작가 자신뿐만 아니라 독자도 성찰의 주체가 되어야 한다는 흐름을 타야 할 것이다. 그랬을 때 수필의 영역이 확대되고, 작가는 보다 폭넓은 이야기를 말할 수 있다. 문학의 다른 장르와 다르게 수필은 독자들에게 뭔가 말해야 하는데(혹은 메시지의 전달) 주관적인 관찰뿐만 아니라 객관적 관찰로써 자신의 이야기뿐만 아니라 타자의 이야기를 솎아내야 한다. 이때 타자의 이야기가 허구라면 소설이 될 것이고, 사실이라면 수필이 되는 것이다. 따라서 표현방식은 수필적 문체만을 고집해서는 안 된다고 본다. 노혜숙의 수필에는 이런 문체상 실험정신이 깃든 작품들이 많다.

> 누군가 맨발의 그녀를 업어 마당 한가운데 내려놓았다. 질끈 묶어 맨 생머리에 야구 모자를 눌러 쓰고, 붉은 티셔츠에 꽉 끼는 진바지를 입은 여자였다. 그녀는 발을 땅에 딛자마자 가볍게 몸을 흔들었다. 이때 한 남자가 달려와 여자를 향해 마주 섰다. 두 사람은 잠시 호흡을 맞추는가 싶더니 서로를 향해 열정적으로 춤을 추기 시작했다. 달빛의 정기라도 받은 것인가. 둘의 몸짓은 코브라처럼 유연하고 맹수처럼 격렬했다.
>
> — 〈달밤의 이사도라〉 중에서

위의 작품에서 볼 수 있듯이, 어떤 상황에 대한 묘사가 마치 소설 속의 한 장면처럼 자세하다. 그런데 상황묘사는 수필에서 얼마든지 소설적 기법을 차용할 수 있는 문제이나 작가의 체험이나 생각이 아닌 타인의 심리를 기술할 때에는 수필과 소설의 경계가 모호해지는 경우가 있다.

아래 작품은 작중 인물의 심리를 묘사한 것인데, 수필에서 이처럼 작가가 아닌 등장인물의 심리를 표현할 수 있는가에 대한 의구심이 든다. 왜냐면 수필은 언제나 자기중심적 해석이 원칙이라 배워왔기 때문이다. 누군가에게 (작중 인물한테서 직접 들었거나 제3자한테서 들었을 법한 이야기) 들은 얘기를 재구성하면서 자신의 이야기처럼 표현할 수 있다는 것이 수필의 영역에서 가능한 작업인가 하는 문제다.

> 생각할수록 야속했다. 그동안 해다 바친 정성을 보아서라도 도저히 그럴 수는 없는 일이었다. 정히 돈이 아까우면 포장마차에서 국수 한 그릇만 사도 될 일이었다. 할머니는 이를 앙 물고 다시는 영감님을 만나지 않겠노라고 맹세를 했다. 지지리 남자복도 없다고, 절로 팔자타령이 흘러나왔다. 그날처럼 외롭고 긴 밤은 평생인 듯싶었다. 하루가 지나고 이틀이 지났다. 그녀는 눈이 빠지도록 오지 않는 전화를 기다렸다. 한시라도 전화기 옆을 떠날 수 없을 만큼 마음이 간절했다. 마음 같아선 한달음에 달려가고 싶었다. 하지만 이참에 사람 귀한 줄 알게 해야 한다고 입술을 깨물며 버텼다. 일각이 여삼추 같은 몇 날이 흘렀다.
>
> ― 〈칠순의 연애〉 중에서

〈칠순의 연애〉는 요즘 우리 사회에서 화제가 되고 있는 노인들의 연애와 삶에 대한 에피소드다. 배우자 없이 혼자 지내는 싱글들이 인생의 뒤안길에서 상대를 만나는 과정을 그린 이야기는, 즉 소외된 자들을 위한 이야기는 수필의 좋은 소재가 될 수 있다. 영화는 이미 〈죽어도 좋아〉를 통해 노인들의 성을 솔직하고 대담하게 그려 찬사를 받았다. 그 이면에는 영화만의 특징인 대중성, 즉 소외된 사람들의 성을 상업화하는 데 성공했으나 선정적인 측면이 강했다. 그러나 성을 단지 성으로 이해한다는, 상업영화가 지닌 본연의 역할 이외에 그 속에 내재된 노인들의 진지한 생각들이 배제된 느낌이다.

하지만 노혜숙의 〈칠순의 연애〉에선 비록 진부하나 고전적인 사랑을 프레임 안에 가둬두지 않고 현실 속에서 있는 그대로 그려냈다. 소외된 타자를 위한 문학으로써, 꾸밈없이 잔잔하게 그려냈다. 이 은밀한 이야기를 수필로 그려낼 수 있는 기술은 수필이 본래 가지고 있는 문체로선 곤란할 수 있다. 왜냐면 이런 이야기는 본인 또는 누군가에 들어서 옮겨 적는 것이기에 매우 조심스럽고 신중해야 한다. 남의 말 하듯 수필을 쓴다면, 독자들은 소재의 진실을 곧이믿기 어려울 것이며 또 한 편의 진부한 영화로 치부할지 모른다.

타자가 주인공이 되는 수필은 어쩌면 우리에선 낯선 수필로 인식될 수 있다. 주변에서 얼마든지 들을 수 있는 타인의 이야기라는, 그리하여 수필이 작가 개인의 사실적 체험담만이 진정한 수필이라고 날을 세우는 사람들에게 환영받지는 못할 것이다. 하지만 노혜숙은 이런 수필적 한계를 뛰어넘어, 작가의 위치를 무시하고 등장인물이 마치 화자인 것처럼, 제3자적인 입장에서 이야기를 객관화하려고 노력했다. 그가 새로운 수필적 영역을 개척하고 있는 신진 수필가라는 사실에 공감하는 이유이기도 하다.

3.

노혜숙은 블로그를 이용한 디지털 스토리텔링에 능숙한 수필가다. 디지털 스토리텔링이란 인터넷이라는 가상공간에서 그 유연성을 이용하여 비선형적 글쓰기를 말한다. 작품 속에서 글쓴이와 읽는 자 간의 경계가 무너지고 모든 사람들이 참여자가 될 수 있다. 블로그에 한번 올린 글(이를 '포스팅'이라 한다.)에는 수많은 방문객들이 찾아와 읽고 나서 공감의 표시를 하거나 반감의 지적을 하기도 한다. 악의적인 댓글이 아니라면 글쓴이는 방문객들의 의견을 반영하기도 하는데, 이를 창작자와 청중 사이의 상호작용성이라고 한다.

수필은 이러한 능동적 글쓰기와 글 읽기를 가능케 하는 상호텍스트성이 강한 장르로 진화함으로써 새로운 전기를 마련해야 할 것이다. 노혜숙은 이러한 비선형성에서 비롯된 탈중심 또는 탈주체의 현상에 대해 잘 이해하고 있고, 이를 실천적으로 글쓰기에 반영하고 있다. 아마도 그가 '글쓰기란 깨달음'이라는 롤랑 바르트의 사유방식과 배짱이 맞아서일 것이다. 이때의 깨달음이란 동양적 사유방식이 아니라, 글쓰기 과정을 통해 얻어지는 것을 독자와 공유함으로써 텍스트의 진정한 가치를 깨닫는다고 해석해야 할 것이다. 그런 의미에서 볼 때, 〈북두갈고리손〉은 인터넷 블로그에 올려놓은 글을 수필로 정리한 전형적인 스토리텔링이다.

아버지의 손은 북두갈고리손입니다. 나무 등걸처럼 거친 손등에 손가락은 마디마디 옹이가 박여 있습니다. 아버지는 해마다 땅을 샀습니다. 마을 사람들은 하나같이 북두갈고리손 덕이라고 입을 모았습니다. 그만큼 부지런한 분이었지요. 그런 아버지를 내 아버지가 아니라고 부인하고 말았습니다. (중략) 내 손을 내려다봅니다. 크고 뭉툭해서 결코 예쁘다 할 수 없는 손입니다. 가끔 여럿이 모인 자리에 가면 못생긴 내 손이 창피하여 슬그머니 옷섶에 감춘 적도 있습니다. 생각해 봅니다. (중략) '진정 아름다운 손은 남을 위해 내어주는 손, 우리 아버지 같은 손이 아닐까' 그래 정작 그 손이 부끄러워 감추려고 했던 나 자신을 부끄러워해야 할 일이라는 생각이 들었습니다.

— 〈북두갈고리손〉 중에서

작가는 어린 시절에 아버지의 뭉툭한 손이 창피하여 아버지를 아버지가 아니라고 부인했던 적이 있었다. 다 자라서는 아버지의 손을 빼다 닮은 자신의 손이 부끄러워 여럿이 모인 자리에선 슬그머니 옷섶에 감춘 적도 있었단다. 아버지의 뭉툭하고 남 보기에 부끄러운 손은, 사실 갈고리처럼 땅을 그러모았던 부지런한 손이며 자식에게 무한히 내어주는 아름다운 손이라는 걸 뒤늦게 깨닫게 된다. "진정 아름다운 손은 남을 위해 내어주는 손"이라는 대목에서는 아버지에 대한 회고를 통해 삶과 그것의 가치를 깨닫게 된다.

우선 독자들은 이 한 편의 아름다운 수필에서 글을 읽는 것이 아니라 작가의 입을 통해 듣는 듯했을 것이다. 또한 아버지는 자식에게 자신의 것을 아낌없이 내어주는 존재라는 사실에 공감하며 각자

아버지의 초상肖像을 떠올리며 추억할 것이다. "나무 등걸처럼 거친 손등에 손가락은 마디마디 옹이가 박여 있습니다."라는 문장에서는 실제 누군가의 거친 손을 연상하며 가슴 뭉클해 했을 테다. 이쯤 되면, 이 글은 작가만의 것이 아니라 하나의 공유텍스트로서 자리 잡게 된다. 혹은 무언가 꽉 차오르는 감동의 용솟음으로 인해 외려 말(문장)이 텅 빈, 무언어의 상태*에 이르게 된다. 이 작품의 마력은 유려한 문장도, 아버지를 그리는 마음도 아닌, 읽는 자의 마음을 크게 움직이게 하는 공동의 해탈, 즉 깨달음인데, 이것이 디지털 스토리텔링의 장점이라 할 수 있다.

시대가 복잡해질수록 독자들은 문학하는 사람들의 다양한 목소리를 요구하고 다양한 소통 방식의 채널을 요구하게 될 것이다. 작가들은 무엇을 쓰든 이러한 시대적 니즈(needs)에 귀 기울여야 한다. 수필이 현실문학으로서 독자들에게 더욱 친근하게 다가갈 수 있다는 가능성만 믿는다면, 수필가들은 수필쓰기의 영역을 과감하게 넓혀야 하고, 새로운 시도를 모색해야 할 것이다. 그러한 노력이 자신만의 수필세계를 견고히 다지는 일이 될 것이다. 작가 노혜숙은 이런 시대적 요구에 부응하려 노력하는 수필가 중에 한 사람이다. '문학의 가치는 본질적으로 녹색'이라고 선언한 국문학자 이

---

* 롤랑 바르트가 한 말로써, 프랑스 원본에서는 le vide de parole라 한다. 말의 텅 빈 상태, 즉 무언어의 상태는 해탈을 뜻하며, 글쓰기와 읽기의 깨달음을 뜻한다.

남호의 녹색적 세계관을 견지하여 생태에세이 또는 환경수필을 끝임 없이 쓰고 있는 작가 노혜숙이야말로 포스트휴먼 시대의 진정한 수필가로 거듭날 것이다. 다분히 시적 영감과 감성이 녹아있는 노혜숙의 엽편 수필들은 우리 고전 수필에서나 볼 수 있는 척독尺牘이나 소품문小品文처럼 품위와 세련됨, 그리고 비록 느리지만 생동감 넘치는 혁명적인 정신을 담고 있어 평자는 즐거운 마음으로 단숨에 읽을 수가 있었다. 아울러 독자 여러분에게도 일독을 권하고 싶다.

끝으로, 생애 첫 작품을 출간하게 된 작가에게 진심으로 축하한다는 말을 전하고 싶다. 첫 작품집을 내놓게 되면 작가는 더욱 수필쓰기에 어려움을 겪게 될지 모르겠다. 하지만 앙드레 지드가 말했던 것처럼, 머리로 배운 모든 것을 버리고 몸으로 느낀 것을 진실하게 쓸 수 만 있다면 수필 쓰기는 그리 어렵지 않을 것이라고, 작가에게 용기를 주고 싶다. 작가로서 조금 뻔뻔해지고 외향적인 성격을 키워야 한다는 충고를 아울러 보태며, 이 글을 마무리한다.

---

* 채 환은 문학과 미술, 사진 등 예술 전반에 걸쳐 전향적인 평문을 쓰는 에세이스트다. 저서로서, 산문집 ≪홀로 섬≫이 있다.

노혜숙 수필집

인 쇄	2009년 8월 05일
발 행	2009년 8월 10일

저 자	노 혜 숙
발 행 인	서 정 환
발 행 처	수필과비평사

출 판 등 록	1984년 8월 17일 제28호
주 소	서울시 종로구 익선동 30-6
	운현신화타워 빌딩 2층 208
전 화	(02)3675-5633, (063)275-4000
팩 스	(063)274-3131
메 일	essay321@hanmail.net

값 10,000원

ISBN 978-89-5925-585-6   03810

※ 저자와 합의하여 인지는 생략합니다.
※ 잘못된 책은 바꿔드립니다.

이 책은 인천문화재단 일반공모 지원사업으로 지원받아 발간한 책입니다.